Le strade
340

I edizione: febbraio 2018

Via Isonzo 42, Roma

ISBN 978-88-9325-274-4

www.fazieditore.it

Franco Faggiani

La manutenzione dei sensi

Fazi Editore

Mi si era presentato davanti in camice bianco immacolato, scarpe in pelle tirate a specchio, occhialini tondi e una cartellina in mano. Aveva finto di scrutarvi un foglio e aveva emesso la diagnosi, anzi la sentenza, con un velo di mestizia: «Dottor Guerrieri... la pompa della benzina...». Mancava aggiungesse solo, con un sospiro, «non ce l'ha fatta», ed eravamo a posto.

Conclusione: impianto nuovo e un sostanzioso prelievo dal portafoglio, già di per sé malmesso.

«E almeno una settimana di lavoro, dottor Guerrieri», aveva mormorato sommessamente.

Almeno una settimana? Ma togliti quel camice da primario, quell'espressione da professorino, rimboccati le maniche e vai di là a lavorare, altro che una settimana.

Così avevo pensato.

«Va bene», avevo detto invece. «Posso avere un'auto sostitutiva?».

«Mi spiace, al momento sono tutte fuori. Ne può eventualmente prendere una a noleggio. A un prezzo conveniente, vista la necessità».

«Non fa niente, andrò a piedi. Camminare migliora l'umore».

Maledetti i giapponesi e le loro auto...

Una lunga convivenza e 270.000 chilometri alle spalle passati via lisci, mai un guasto serio. Poi la mia vecchia Nissan mi aveva mollato senza nemmeno un gemito d'avvertimento. Sapevo che prima o poi sarebbe successo, ma non doveva succedere proprio quel giorno. Il primo istinto era stato prenderla a martellate e abbandonarla lì sotto gli alberi della stazione centrale, e lasciare che le cacche degli storni che a migliaia passavano la notte sui grandi platani lì intorno la ricoprissero fino a corroderla del tutto. Targa e gomme comprese. E fine della storia.

Poi però, pensando alla partenza, ero entrato dal primo meccanico incontrato lungo la strada e l'avevo fatta trainare alla concessionaria.

Mi avevano fatto imbestialire anche quelli di Canessa, la ditta dei traslochi, *con voi dal 1927*. Figuriamoci. Ero rientrato a casa a passo svelto, sudato e confuso sul da farsi. Martino dormiva su una stuoia stesa sul parquet perché in casa non erano rimasti mobili. A tenerlo svogliatamente d'occhio c'era la figlia della portinaia, seduta su uno sgabello che si era portata su dalla guardiola. L'avevo sorpresa a giocare con il mio cellulare, che avevo incautamente lasciato su uno dei venti scatoloni pieni di libri: gli ultimi da portar via, insieme a poche altre cose sparse per le stanze ormai spoglie.

A lei però non era sembrato affatto strano controllare i miei messaggi. Mi ci era voluto qualche secondo per cancellare l'idea di insultare anche lei. Giovane sì, ma impicciona di prima categoria.

«Ha suonato, così ho risposto», mi aveva detto con tono annoiato, porgendomi l'apparecchio con lo schermo reso opaco dall'unto delle sue ditate.

«Come no. E chi era?».

«Quelli dei trasporti. Hanno detto di avere un contrattempo, arriveranno con un po' di ritardo».

Accidenti anche ai facchini e agli autisti. Arrivare dopo l'orario stabilito da loro stessi e magari senza una giustificazione plausibile era una cosa che non sopportavo. Avrei dovuto farci le ossa, perché nell'efficiente Milano, di professionisti precisi negli appuntamenti, nei lavori, nei pagamenti, ne avevo sempre incontrati ben pochi. La metropoli efficiente... ma quando mai?

Comunque in questa storia dei traslochi la colpa era mia. Negli ultimi quindici anni avevo cambiato casa almeno tre volte, sempre con questi personaggi, per via di una remota amicizia di mio padre con il commendator Canessa, e mai una volta erano stati puntuali. Non dico ritardi di mezz'ora, ma mezze giornate.

Per fortuna era l'ultimo viaggio del camion, poi tutto sarebbe finito. Almeno qui, in questa città, che tanto mi aveva dato, ma di più mi aveva tolto.

L'appartamento l'avevo venduto, e così anche i quadri di valore che conteneva e gran parte dei mobili antichi che negli anni erano stati scelti con scrupolo e passione. Gli armadi, le pesanti librerie e quel che c'era in cucina lo avevo regalato all'Istituto Maria Ausiliatrice, dove Chiara, mia moglie, e poi Nina, nostra figlia, erano andate spesso a fare volontariato. A ritirare la roba, con un furgone a noleggio e le maniche rimboccate oltre il gomito, erano venute due suore svelte e forti come scaricatori di porto. Forse avrei dovuto chiamare loro per il trasloco di quello che era rimasto in casa. Altro che Canessa.

Man mano che il tempo passava – fortunatamente Martino continuava a dormire, una delle sue occupazioni primarie – nel mio dizionario mentale aumentava il grado degli insulti che avrei spiattellato in faccia agli uomini del trasloco. Insomma, una giornata nervosa. Ma quando tre ore e mezza dopo avevano suonato alla porta e m'ero trovato di fronte i due energumeni, li avevo accolti con molta gentilezza.

«Ci scusi capo, ma in tangenziale Sud era tutto bloccato», aveva cercato di giustificarsi quello dalle sembianze di Ivan il Terribile.

«Non fa niente ragazzi, conosco le code in tangenziale... Mi spiace, non posso offrirvi neanche un caffè, è tutto imballato».

«Appena preso capo, grazie», aveva detto l'altro, più piccolo di Ivan ma più palestrato e tatuato come mai avevo visto prima, neanche quando avevo frequentato, solo per cercare di darmi un'aria da duro, l'Élite Boxing Club di Porta Vittoria.

Mentre portavano giù gli scatoloni dei libri e dei computer, le lampade e i pochi oggetti che non erano riusciti a incastrare nel viaggio precedente, avevo svegliato Martino, arrotolato sulla stuoia come un gatto nella cesta dei gomitoli di lana.

«Ehi Marti, dai che fra poco si va, finalmente. Da domani vita nuova. Sei contento?».

Lui aveva improvvisamente spalancato gli occhi – faceva sempre così al risveglio – come uno che s'era ricordato di un appuntamento importante ormai perso. Non aveva risposto alla domanda, ma si era limitato a guardare fisso oltre le mie spalle, nella stanza sgombra.

In meno di un'ora i due di Canessa avevano caricato tutto.

Gli avevo dato cinquanta euro di mancia.

«Ragazzi, posso chiedervi un grosso favore?».

«Dica dottore». Ivan mi aveva promosso di grado dopo aver notato un altro pezzo da cinquanta euro che stiravo tra le dita. Il socio invece scrutava Martino, apparso silenziosamente in quella stanza che per anni era stata il mio studio.

«Non è che avreste posto anche per noi due? Ho avuto un guaio con la macchina e siamo a piedi. Potremmo prendere il treno e poi noleggiare un'auto, ma arriveremmo nella nuova casa al buio e...».

«Ma che treno, si figuri», aveva risposto il tatuato afferrando con una certa rapacità gli altri cinquanta euro. «In cabina c'è posto per tutti. Basta che tenga d'occhio il suo ragazzino. È magro magro, se si infila tra i sedili chi lo trova più».

Mentre i soldi sparivano nel taschino della camicia del giovanotto, avevo guardato Martino che muoveva appena le labbra. Forse voleva dire la sua, ma si era limitato a ondeggiare un po', muovendo le mani in segno di disappunto.

Anche se dentro di me era rimasta salda la convinzione che avrei dovuto comunque farmi valere, ero stato gentile fin dall'inizio perché, quando avevano suonato alla porta, m'era saltata in testa l'idea di chiedere un passaggio. Certo, quelle tre ore e mezza di ritardo e quel viaggio di duecento e passa chilometri a ritmo probabilmente blando, anche per via del rifornimento di carburante, dei caffè lungo la strada e del traffico del venerdì sera – dunque tangenziale in coda, autostrada con deviazioni, statale con furgoncini davanti e infine un pezzo di strada provinciale tutta curve e salite a tratti impegnative anche per un fuoristrada –, avrebbero scombussolato il programma. Saremmo probabilmente arrivati a destinazione in tarda serata, orario a cui bisognava aggiungere il tempo per scaricare tutto nel piccolo magazzino che avevo affittato non lontano dalla nostra nuova casa, che era costruita su un piccolo altopiano boscoso, dove, come si era dimostrato nei due viaggi precedenti, l'automezzo di Canessa non sarebbe mai riuscito a salire. La strada, che partendo dalla piazzetta del borgo svaniva in un prato incolto nei pressi della nostra destinazione, era ripida, sterrata e piena di buche. Saremmo insomma arrivati troppo tardi per organizzare una cena e crearci una sistemazione decente per passare la prima notte in un posto decisamente diverso dal solito e così isolato.

Appena saliti sul camion, schiacciati tra i due energumeni che emanavano prepotenti odori di sudore e cattivo tabacco, avevo chiamato al telefono Daniele Bermond, chiedendogli di tenerci da parte qualcosa da mangiare e due letti nella stanza più calda del suo agriturismo. Almeno un po' di conforto a conclusione di una pessima giornata di metà maggio, che invece sarebbe dovuta essere felice.

Gran parte delle decisioni prese nei miei primi cinquant'anni erano state spesso intercambiabili, se non addirittura in contrasto tra loro. Qualcuna però ero riuscito a portarla fino in fondo, come quella di prendere il rudere che Chiara aveva tanto desiderato ma che non aveva potuto avere.

Avevo deciso di comprare quel che rimaneva di quella vecchia baita dopo una notte insonne, passata a rimuginare idee e a ridare un contorno a ricordi quasi sbiaditi che salivano a casaccio dal fondo di quella macchina del tempo che viaggia solo a ritroso qual è la memoria; a considerare che la nostra vita, la mia e quella di Martino, non era più compatibile con Milano. Invece di scorrere fluida, si avvitava con spirali sempre più soffocanti e minacciose, preludio di tempeste.

Di lì a una settimana ero riuscito a rintracciare il proprietario, un malgaro ottantacinquenne che viveva in compagnia di due gatti e di un merlo addomesticato nel borgo di Fenils, a due passi da Cesana Torinese, e gli avevo fatto un'offerta. Poche decine di migliaia di euro, ma tutti e subito. Mi aveva risposto che ne avrebbe parlato con i figli emigrati in Francia e mi avrebbe richiamato. Così ero rimasto in attesa, con una certa smania addosso.

Quel che rimaneva dell'edificio si trovava in un posto isolato nelle alte terre comunali di Cesana Torinese, sospese tra le montagne piemontesi che poco più a ovest scivolano verso la Francia. Quando Chiara e io lo avevamo visto per la prima volta, in un tramonto nitido, acceso come in un quadro fiammingo e ansioso di accogliere la prima neve dell'autunno, lassù si poteva arrivare solo a piedi. La costruzione, col tetto di lamiera pendente da un lato, era già in sfacelo all'interno, ma aveva i muri perimetrali ancora solidi. S'affacciava isolata su un pascolo esposto a sud-ovest, con un bosco alle spalle e una gobba ondulata a fare da barriera alle correnti del Nord; davanti, invece, una successione di prati digradanti, a tratti occupati da cespugli radenti di mirtilli e di ginepro. Una posizione perfetta, in un posto soleggiato e riparato a quasi duemila metri d'altezza. I vecchi montanari avevano le idee chiare su dove mettere casa e stalla.

Anni dopo era stata tracciata, poco lontano, una strada sterrata di servizio per i mezzi agricoli e i fuoristrada che all'inizio dell'estate raggiungevano le malghe alte dove, se c'era erba buona, gli allevatori della bassa valle portavano il bestiame al pascolo estivo. La strada, comunque, non aveva scalfito la magia del posto.

«Sarebbe magnifico affrontare la seconda parte della nostra vita qui», fantasticava Chiara ogni volta che i nostri passi ci portavano da quelle parti. Ci andavamo a controllare che tutto fosse in disordine, così nessuno avrebbe apprezzato il rudere più di tanto. Qualche volta, quando vedevamo qualche traccia umana lì intorno, ci prendeva l'agitazione. «Ce lo portano via», sospirava Chiara, ma poi erano solo rifiuti di picnic o qualcuno che si era rubato qualche pezzo di trave smozzicata per bruciarla o per farne chissà cosa.

Era andata avanti così, come un gioco, all'inizio. Poi l'idea di piazzarci lì, pur rimanendo evanescente in superficie, aveva pian piano messo radici filamentose. Come quelle del tarassaco che a giugno pennellava di giallo brillante i prati intorno.

Un giorno Chiara, dopo aver confabulato quasi di nascosto con gente del luogo, aveva tirato fuori dal cassetto il progetto di ristrutturazione, che prevedeva il rifacimento del rudere, occupando la superficie originale e riproponendo lo stile architettonico di un tempo. Me lo aveva mostrato con orgoglio ed entusiasmo, che però io, pur avendo condiviso il sogno, avevo smorzato in fretta frapponendo fatti contingenti: prima di andare a vivere stabilmente su quelle montagne o altrove, dovevamo consolidare le nostre attività, pensare a Nina e accompagnarla verso una vita veramente autonoma.

Negli anni successivi, fino a quando non avevo comprato la casa, anche le pietre angolari avevano cominciato a sbriciolarsi, qualche crepa s'era allargata e il tutto si era tramutato in un ammasso ancor più insignificante di sassi e legni anneriti dai fulmini e inzuppati di pioggia.

Quando il proprietario della baita mi aveva richiamato per dirmi che l'affare si poteva fare, mi ero precipitato a casa sua con tutta la somma in contanti; ai suoi figli non era sembrato vero poter avere sul tavolo plastificato della cucina, in un colpo solo, tutti quei mucchietti di banconote da spartirsi al volo. Niente mutui o pratiche simili. Non avevano dovuto far altro che mettere qualche illeggibile firma su un documento notarile.

L'impegno maggiore era stato trasformare il rudere in una casa vera, solida, abbastanza grande per viverci agevolmente e anche lavorarci. Coi soldi ero riuscito a cavarmela. Avevo venduto l'appartamento di Milano a una cifra che era andata oltre le mie aspettative. Il trilocale che Chiara aveva ereditato dalla sua famiglia, proprio sulle piste da sci della Vialattea, l'avevo invece tenuto e affittato a gente di Genova patita degli sport sulla neve e delle escursioni. Con il ricavato avrei potuto affrontare senza troppi patemi qualche eventuale intoppo nella mia nuova attività di scrittore-editore-fai-da-te. Oltretutto sarebbe potuto servire da cassetto di emergenza anche per il futuro di Nina e, magari, di Martino.

Avevo anche recuperato dei soldi da una pratica assicurativa saltata fuori il giorno che avevo deciso di buttar via un po' di scartoffie di Chiara. Mi era dispiaciuto farlo, erano i suoi primi progetti d'architetto prima che iniziasse a disegnare al computer. Ma tenerli lì sarebbe servito solo ad alimentare i ricordi di una persona e di un tempo che non sarebbero tornati. Così, sfogliando e leggendo tra le sue cartelline gonfie di schizzi e appunti, avevo trovato una di quelle polizze che la banca aveva pagato per conto mio per due decenni, automaticamente, tanto che me n'ero del tutto dimenticato; alla scadenza avevo messo insieme circa 75.000 euro. Presi e spesi.

Li avevo girati direttamente a un giovane architetto torinese incontrato per caso in un vallone sopra Sestriere, durante un fine settimana solitario di primavera, quando a Milano, a stare dietro a Martino, c'era ancora Nina. Ero capitato in una piccola radura sfiorata da un sentiero e lui, l'architetto barbuto dall'aspetto di boscaiolo, era lì, con un aiutante, a costruire un bivacco assemblando tronchi di legno appena scortecciati, dorati, inebrianti per il profumo di muschio, resina e tannini. Avevamo subito attaccato discorso appoggiati a una staccionata ai margini del prato; poi mi aveva fatto entrare nel piccolo rifugio per una birra, raccontandomi della sua passione: costruire case in legno secondo vecchie regole e tradizioni.

Era stato molto convincente. Così, dopo essere diventato il legittimo proprietario delle macerie, gli avevo spedito il progetto di Chiara. La casa doveva essere di altri tempi, con legno e pietra fuori e dentro. Locali raccolti, con soffitti bassi e finestre piccole per non disperdere il calore interno. Due stanze però avrebbero dovuto essere ampie, persino *esagerate*. Su questo avevo proprio insistito. Il mio studio, al pianoterra, con una finestra grande, anzi, enorme, affacciata sul bosco; e la camera di Martino, al piano di sopra, con un ingresso indipendente e un locale accanto dove poter sistemare, o meglio, avevo specificato, *ammucchiare*, tutte le sue carabattole. Due repubbliche autonome, insomma, anche se sotto lo stesso tetto.

Arredi minimalisti, per non dire spartani, come nei rifugi. La mia scrivania doveva essere composta da parti di vecchie porte di baite abbandonate. Le avevo viste accatastate tempo prima sotto la tettoia di un pollaio, destinate a servire come recinzione di fortuna o ad alimentare una stufa economica. L'architetto boscaiolo aveva recuperato i pezzi più solidi, li aveva pareggiati, uniti come in un puzzle e strofinati per ore con la cera d'api, senza toglierne le macchie, le rughe e l'anima. Avevano protetto, per decenni o secoli, uomini e animali, sentimenti e piccole cose poi smarrite o rubate. Avevano molte storie da raccontare.

Per riscaldare avevo recuperato due Tiroler Stube alla periferia di Merano, da un produttore che stava per chiudere e che non aveva eredi a cui cedere la sua preziosa attività. Visto il mio entusiasmo, mi aveva dato i suoi due pezzi migliori. D'antiquariato, almeno così me li aveva spacciati. Poi avevo fatto rimettere in funzione il camino, di cui avevo trovato vaghe tracce annerite, nel quale avrei potuto anche sistemare una griglia: un elemento che avevo sempre conservato nella memoria. Ci avevo fantasticato in certe case lontane dell'infanzia; il profumo del legno e della resina a contatto con le fiamme mi era sempre rimasto nel naso. Il crepitio del fuoco era stato spesso una piacevole colonna sonora di molte giornate autunnali e invernali trascorse nella campagna marchigiana dai nonni materni o tra le montagne, quando, nei primi anni d'università, avevo iniziato a frequentarle. In ogni luogo dove c'era un camino mi ero sempre ritagliato d'autorità, senza che nessuno me lo chiedesse, il ruolo di fuochista.

Solo due, nella casa sul pascolo, erano le concessioni alla modernità, comunque ben nascoste dai comignoli: dei pannelli solari e un'antenna parabolica, costosa e fortunatamente minuscola. I computer rimanevano i miei fondamentali strumenti di lavoro, perciò avevo trovato necessario attrezzarmi il più possibile contro i problemi di collegamento.

Fuori, all'ingresso, si sarebbe dovuta espandere anche una veranda rialzata, per non essere raggiunta dagli strati di neve che si sarebbero depositati sul terreno durante l'inverno; poi sarebbe stato utile far sporgere un lato del tetto per accatastarci sotto la legna da ardere, e un capanno dove mettere qualche attrezzo ingombrante. Più in là, una tettoia per un paio di macchine e uno spazio per l'orto circondato dal prato incolto. Esposizione delle stanze a ovest, per goderci le luci radenti del tramonto, mentre quelle dell'alba ci avrebbero più probabilmente sorpresi ancora a letto.

Grazie anche a un inverno soleggiato che aveva elargito solo timide nevicate, il giovane architetto era riuscito a completare il lavoro in poco più di una dozzina di mesi. Con lui s'era creata subito una forte sintonia: condividevamo la passione per le montagne intese come terreni di esplorazione, come ambienti in cui sparire, senza che il mondo avesse più bisogno di noi. Ero andato a vedere come procedevano i lavori quattro o cinque volte, poi avevo lasciato perdere. Mi fidavo di lui, una fiducia istintiva, forse un po' azzardata visto che c'erano dei soldi di mezzo. Ma sentivo che il risultato sarebbe stato quello a lungo immaginato.

Quando avevo visto la casa completata l'avevo subito considerata la solida fortezza della mia famiglia, capace di proteggerci da tutto. Era proprio come Chiara l'aveva sognata e progettata, anche se erano state necessarie alcune piccole modifiche, per soddisfare soprattutto le esigenze di Martino. Ma lei di sicuro avrebbe approvato.

A metà ottobre avevo ricevuto a Milano un pacchetto. Dentro c'era una rustica scatoletta di legno ancora profumato. All'interno, tra i trucioli, le chiavi di casa e un biglietto: «Ora è tutta tua. Complimenti a te, e falli anche a tua moglie, quando la penserai. Grazie davvero per la fiducia, costruirla è stato un onore».

Le avevo fatto un sacco di fotografie – specie al tramonto, coi larici intorno che ingiallivano e poi arrossivano prima di perdere gli aghi, e i prati che si tingevano d'oro –, solo per la soddisfazione di mandarle a Nina e per farle girare sullo schermo del computer. Poi l'avevo lasciata sola e vuota per tutto l'inverno, così che travi, tavole dei pavimenti, assi e giunture si erano potuti assestare, tra sommessi gemiti e scricchiolii notturni, mescolati al bubolare dei piccoli rapaci solitari che erano andati subito a cercare riparo nel sottotetto e sotto le piccole arcate che sostenevano le coperture dei comignoli.

Nella casa, naturalmente, una stanza era stata riservata esclusivamente a Nina, anche se, specie all'inizio, sapevo che non l'avremmo vista spesso. Almeno per un po'. Delle montagne non le era mai interessato granché, al massimo qualche fine settimana per poter sciare o per un paio di grigliate estive, e comunque, da due anni, la sua vita frenetica scorreva altrove. «Dall'altra parte del Mar Oceano», diceva Martino quando qualcuno gli chiedeva di lei.

Subito dopo una raffica di corsi universitari impegnativi che a Milano le avevano dato il titolo di osteopata, Nina aveva avuto i suoi primi pazienti: partorienti, bambini piccoli, adolescenti con già qualche acciacco. In seguito c'erano stati il volontariato, le ricerche, i convegni, i tirocini. E un allegro battaglione di amici che la sera andavano e venivano per casa. Poi c'erano le decisioni che spesso prendeva nel tempo di un battito di ciglia, senza chiedere l'opinione altrui, men che meno la mia, e aveva pure la dote naturale di azzeccarle. Una qualità, per me spiazzante forse perché ne ero del tutto privo, che aveva preso da sua madre.

Una sera era arrivata a casa presto e se l'era presa con comodo. Niente cellulare alla mano, niente computer in cui tuffarsi, niente cambio rapido di vestito per uscire di nuovo. Martino era chiuso nella sua stanza, probabilmente davanti al National Geographic Channel. I documentari sulla natura erano la sua passione, li guardava per ore e, quelli che gli piacevano proprio, anche più volte al giorno. Lei era venuta in cucina, dove di solito faceva rapide apparizioni solo quando la pietanza era già in tavola.

«Preparo io la cena? Almeno la smettete di mangiare le solite cose, pasta al pomodoro, riso in bianco, frittata...».

«Le *solite cose* sono quelle che a Martino piacciono di più. È un abitudinario anche in fatto di gusti», avevo cercato di replicare con scarsa convinzione. In realtà con riso o pasta, frittate o formaggi me la cavavo sempre con poco impegno. Martino mangiava senza discutere e per me il cibo, negli ultimi anni, era diventata solo una questione di sopravvivenza. Uno valeva l'altro. Perciò in cucina cercavo di rendermi la vita facile.

«Anzi», aveva continuato lei, «ci facciamo pure un aperitivo. Questo vino bianco che hai in frigo di che periodo storico è?».

«Etrusco, direi; ma solo perché l'ho fatto arrivare da un produttore umbro, la settimana scorsa. Ragazza mia, non metterti in competizione con me, sui vini...».

«Oh, certo, adesso perché hai scritto un paio di manualetti a tema enologico ti credi un espertone...», aveva detto ridendo. Il suo sorriso bastava a illuminare una stanza, a rendere meno cupa una giornata.

«Nina, questa tua disponibilità un po' mi destabilizza. Non ci sono abituato», avevo detto con finta meraviglia. Fino a un certo punto. «Posso fare delle supposizioni? Hai bisogno di soldi, ti serve un motorino nuovo, hai avuto il tempo di trovare un secondo fidanzato, sei nei casini per qualche cosa che ti è successo...».

A quel punto mi aveva interrotto alzando in aria il suo calice, reso opaco dal vino bianco fresco. «Fuocherello», aveva detto.

«Problemi?».

«Sì, ma non miei, tuoi. O meglio, quelli in cui potresti trovarti, se...», e giù il primo sorso di Chardonnay Lungarotti.

«Se cosa?».

«Eh, non ti infiammare, che scaldi anche il vino. La situazione è questa: ieri mi ha chiamato un mio ex professore per dirmi che nella più grande clinica pediatrica di Boston e di tutta la costa orientale americana si è liberato un posto che sembra fatto su misura per me. Così mi ha chiesto di andare, ma devo decidere praticamente al volo. Cioè: entro domani vuole la risposta». Ecco, l'aveva detto. Secondo sorso di Chardonnay.

Ero rimasto zitto per quasi un minuto, osservando il bicchiere e ficcandoci dentro il naso per cercare i profumi buoni. Ma l'avevo fatto solo per darmi un tono. E comunque il naso mi si era seccato, così come la gola.

«Immagino che dovrai stravolgere un po' la tua vita. Ma vuoi mettere: l'esperienza, le occasioni...». Le solite frasi di un padre che si finge aperto e disinvolto. Sapevo già che, nonostante negli ultimi tempi l'avessi vista sì e no due ore al giorno, spesso in casuali incroci tra il corridoio, la cucina e la porta d'ingresso, mi sarebbe mancata molto. La verve, il sorriso, l'energia, il fatto di esserci. E di somigliare a Chiara.

«Be', direi una buona occasione. Complimenti», avevo continuato sforzandomi di mostrarmi sciolto, «ma non ho capito dov'è il problema».

«Qui», aveva detto lei posando il bicchiere per azzannare una spessa fetta di salame che intanto avevo tagliato. «Guardati intorno e pensa a te e a quel ragazzino che vive con noi. Due disadattati sotto lo stesso tetto. Voi due da soli vi vedo male. Diciamola tutta: la tua capacità di accudire Martino, di stargli vicino come si deve, mi sembra ancora limitata. Finireste per fare una vita ancor più scollata, campereste di stenti».

«Ehi, signorina Rottermeier, guarda che io non sono Heidi. Dico: fai sul serio o ti è venuta fuori un'inaspettata vena comica? Perché se fai sul serio vuol dire che fino a ora di noi non hai capito un accidente. Noi non siamo disadattati, siamo solo due caratteri uguali. Stiamo bene, anche se a volte ci... respingiamo, come i poli magnetici dello stesso segno di due calamite. Ma è proprio su questo principio di opposizione che funzionano gli avveniristici treni che corrono sospesi su un binario unico. Perché allora non potremmo funzionare noi? Ok, a volte siamo un po' asociali, non abbiamo ancora tutto il coraggio che serve per affrontare l'imprevedibilità ma, a conti fatti, andiamo d'accordo. Molto d'accordo. E che ci serve di più? Quel che abbiamo ci basta e avanza...».

«Ma sei proprio sicuro che a lui vada bene così?». Il tono s'era increspato.

«Sì, a me va bene così. Perché? Cosa...?». La voce,

come al solito lapidaria, di Martino. Dimenticavamo ancora che si muoveva coi passi attutiti; un gatto avrebbe fatto più rumore. Così molte volte ce lo ritrovavamo sulla soglia della stanza o in mezzo alle conversazioni senza preavviso, dopo che ne aveva ascoltato, in disparte, qualche frammento.

«Vieni qui fratellone, siediti». Nina era stata più svelta di me. Gli aveva fatto un cenno con il braccio aperto e si era spostata di lato sulla sedia, per fargli un po' di posto. Avrebbe voluto tenerselo sulle ginocchia e passargli le mani intorno alla vita, ma lui non avrebbe gradito.

Martino le si era accostato, guardingo.

«Cos'è che deve andare bene?», aveva chiesto fissando il mento di Nina.

«Le cose stanno così», aveva attaccato lei, «mi hanno offerto un buon lavoro, a Boston, in America...».

«Lo so dov'è: sul mare e c'è un grande porto, ma fa molto freddo in inverno». Sulle intuizioni e informazioni meteorologiche Martino era un fenomeno. Le previsioni, gli uragani, i cambiamenti climatici, le temperature mutevoli erano oggetto, insieme al comportamento degli animali, della sua massima attenzione.

«Cercherò di coprirmi bene, grazie della tua preziosa informazione», gli aveva detto Nina, sfiorandogli il braccio senza dar peso al suo piccolo cenno di rifiuto. «Però dovrei andarci subito, e la domanda che ti faccio è questa: sei sicuro che a te vada bene prenderti cura di quest'uomo che abbiamo di fronte?».

«Lui?», aveva detto Martino, alzando appena un indice verso di me.

«Sì, proprio lui: il giornalista, lo scrittore che ben conosciamo e a cui, in fondo, vogliamo molto bene; anche se a volte è un po' strano».

«Sì, ci penso io a lui». Martino non aveva esitato, e questo mi aveva fatto venire un fremito, anche se avevo riso.

«Perfetto, socio, allora posso andare via tranquilla», aveva detto lei dandogli una strizzatina alla pancia. Sapeva che non avrebbe dovuto farlo, ma lo aveva fatto ugualmente. Era convinta che quei brevissimi contatti, quegli sfioramenti, nel tempo lo avrebbero aiutato a sopportare la presenza degli altri.

Lui si era divincolato, ma senza cattiveria. «Ma starai via tanto?», aveva poi domandato.

«No, sicuro; vedo cosa mi fanno fare, organizzo un po' le cose e torno. Comunque ci sentiremo spesso, magari con Skype». Qualche piccola menzogna a quel punto era consentita.

«Sì, sì, così potrò vedere cosa fa il freddo in una città; d'inverno a Boston arriva il vento blizzard, la temperatura scende anche venti gradi sotto zero». La potenza di National Geographic Channel.

«Ma a te non dispiace che vado via?».

«Sì, sì. Ma poi torni».

Due giorni dopo l'avevamo accompagnata all'aeroporto di Malpensa e in macchina era stata tutta una raccomandazione da parte di Nina. Hai fatto le scorte di cibo? Le scorte; come se non fossi mai stato capace di comprare un pacco di pasta o le uova. E comunque le avevo fatto notare che non era prevista nessuna apocalisse. Al momento. Hai segnato le medicine? Il numero del professor Rambaldi? La portinaia, l'hai avvisata che non ci sarò per un po'? Il dentista per lui, ricordati di prenotarlo.

Martino era rimasto immerso nella sua silenziosa irrequietezza, nei suoi pensieri carsici, ma ogni tanto sembrava divertirsi durante i nostri piccoli battibecchi.

Il momento del check-in fu quasi una liberazione e al tempo stesso un buco profondo allo stomaco. La mia Nina se ne andava. Fino a poco tempo prima non mi era sembrata il tipo. Dopo aver finito di studiare aveva sempre preferito rintanarsi sotto il piumone, frequentare le sue inossidabili amiche del liceo, guardare la TV, fare qualche lavoro estemporaneo per pagarsi gli sfizi: la birretta all'Isola, una giornata con lo snowboard, qualche fine settimana nella cascina in Monferrato del fidanzato, camminate fra le vigne e il sole preso a bordo piscina.

Io e Chiara avevamo avuto amici con figli diventati indipendenti fin da molto giovani. «Ma sì», avevo spesso ripetuto in una specie di tiritera, «non fate i vecchi bacucchi, bisogna lasciarli andare per il mondo, questi ragazzi. Che viaggino, che imparino le lingue, che se la cavino da soli il prima possibile».

Per un decennio questi genitori avevano sborsato assegni robusti per mantenerli all'estero e poi se li erano ritrovati in casa: a trent'anni, senza un'occupazione alle spalle che non fosse stata quella di skipper, personal trainer, buttafuori o manager – come chiamavano i capocamerieri – in una pizzeria di qualche quartiere frequentato dai turisti. Certo, c'erano poi quelli che avevano fatto strada anche in settori più solidi ma, in percentuale, erano decisamente pochi. E, comunque, prima o poi erano tornati tutti. Anche loro. Durante le pratiche d'imbarco di Nina già speravo che anche a me succedesse lo stesso.

Nina era andata via, Martino era rimasto, anche se nella mia testa ogni tanto svolazzava ancora la legittima convinzione che le cose sarebbero potute andare al contrario.

Non ricordavo più il periodo esatto, ma di anni ne erano passati circa sei. In un dopocena, mentre me ne stavo allungato sul divano, ero stato distratto dalla mia abituale attività serale, lo zapping (riuscivo a seguire quattro programmi contemporaneamente; secondo Chiara ero il Clint Eastwood del telecomando), da un rientro a casa di Nina piuttosto nervoso. Aveva salutato bruscamente e in fretta, non come al suo solito. Passandomi davanti con un sorriso forzato, era filata in camera sua tirandosi la porta dietro, cosa che quasi mai aveva fatto.

«Non mangi?», le avevo gridato passando dal biathlon su Eurosport al concerto diretto da Riccardo Muti su Rai 5.

«Non ho fame, grazie», aveva gridato dalla sua stanza.

«Giornataccia?».

«Indovinato. Stressante e infelice».

Stressante era nella norma; infelice, invece, no. Solo un evento dirompente l'aveva resa infelice. Terribilmente infelice. Poi, fortunatamente, gli amici, lo studio e un carattere determinato avevano contribuito nel tempo a ridarle serenità. S'immalinconiva ancora, qualche volta, con pensieri viaggianti, ma il termine "infelice" lo aveva usato sempre più raramente.

Così mi ero alzato ed ero andato a rannicchiarmi sul

secondo letto della sua stanza, con le ginocchia piegate e la testa appoggiata al palmo della mano.

«Perché infelice?», le avevo chiesto.

«Oggi pomeriggio sono tornata all'Istituto Maria Ausiliatrice. Ti dice qualcosa?».

«No. Dammi un indizio».

«È un posto, forse più vecchio delle piramidi, dove delle suorine portano avanti da quasi un millennio un orfanotrofio. La più giovane, la novizia, avrà almeno la tua età...».

«Ninetta, non mi fai ridere. Ma perché sei andata lì?».

«Perché l'avevo promesso qualche mese fa a una delle suore che ogni tanto si fa vedere nella clinica dove faccio tirocinio. E perché ci sono dei bambini che hanno dei problemi. Mi sembrano tutti buoni motivi».

«Lodevole iniziativa, mi pare. Ma non è certo questo ad averti reso triste, giusto?».

Nina aveva alzato lo sguardo e due lacrime si erano affacciate agli angoli degli occhi.

«Giusto. Mi ha rattristato l'ambiente e il fatto che le suore non ce la fanno a prendersi cura dei bambini come dovrebbero. Tirano avanti nella remota speranza che qualcuno arrivi a occuparsi di loro».

«Be', ma ci sei tu...».

«Questa tua ironia è fuori luogo. Questi bambini non hanno bisogno delle mie cure, ma di affetto, di attenzioni, di abbracci. Di luoghi confortevoli. Di una famiglia, anche con tutti i suoi errori».

«Be', ospitane uno qui, sai quanti errori gli possiamo regalare!». Voleva essere una battuta, naturalmente, per cercare di farla sorridere. Nei mesi del grande dolore a volte aveva funzionato, anche se fare battute m'era costato un grosso impegno.

«È quello che stavo per proporti...».

«Non ho capito».

«Prendiamone uno a casa», aveva risposto con tono determinato.

«*Prendiamone uno a casa*... adesso sei tu che dici stupidaggini, non è mica un cucciolo. E comunque non potremmo prendere nemmeno quello». Cominciavo ad annaspare senza avere un salvagente vicino, perché lei e sua madre a ogni proposta, anche la più assurda, avevano sempre dato ampia concretezza. «E poi, a che titolo? Chi si prende cura di lui? Io? Ma mi ci vedi e, soprattutto, ce lo vedi?».

«Tranquillo *dottor Guerrieri*. Lo possiamo accogliere in affido temporaneo, starebbe con noi solo per un po', in attesa che una famiglia lo adotti... Comunque ci sarei anche io a stargli dietro, farei una specie di volontariato a casa. Di sicuro non lo lascerei nelle tue mani maldestre. Insomma, avrei un fratello piccolo per qualche settimana, due o tre mesi al massimo... per un breve periodo di felicità, o comunque di vita migliore rispetto a quella attuale».

Avevo cambiato posizione, m'ero spostato sul bordo del letto, con i piedi ben piantati per terra e le mani intrecciate puntate verso di lei come una testa d'ariete pronta a sfondare un portone.

«Senti Ninetta, mi pare di ricordare che una delle prime cose che ti hanno insegnato nei tuoi corsi universitari sia quella di non lasciarti coinvolgere emotivamente dai pazienti. Altrimenti vai subito in rovina. Capisco che i bambini soli e abbandonati possano avere un impatto emotivo forte, suscitare sensazioni contrastanti eccetera eccetera. Ma nessuno può salvare il mondo in questo modo».

«Questo lo dici tu...».

«Fammi finire. Pensa alla nostra vita com'era e come è. Io non sono stato capace di seguire te come avrei dovuto, figurati avere a che fare adesso, nelle condizioni pratiche e mentali in cui mi trovo, cioè da schifo, con un bambino di tre o quattro anni che...».

«Otto».

«Otto?».

«Sì, ha quasi otto anni. Un bellissimo bambino, con un carattere che giudicheresti subito perfetto. Parla pochissimo, si fa sempre i fatti suoi, non ama le smancerie, è adattabile, non si lamenta mai, dove lo metti sta. Ha l'aria smarrita di un sognatore... il tuo ritratto spiccicato».

«Mi stai dicendo che hai già messo gli occhi su una povera vittima?». Avevo cercato di alleggerire, ma in realtà ero consapevole che stavo per finire in un oceano in tempesta.

«Sì, e lo interpreto come un segno divino. Perché quel bambino, incrociato per caso, ha già dei fili invisibili che in qualche modo lo collegano alla nostra piccola famiglia».

«*In qualche modo* come?».

«Hai la memoria proprio corta. La mamma era andata a fare volontariato all'Istituto Maria Ausiliatrice prima che io nascessi. Se io non fossi nata magari ti avrebbe proposto di adottare un bambino lì».

«Ma figurati!». In realtà avevo rimosso dalla memoria quel lontano impegno di Chiara, perché non lo avevo mai preso seriamente. Lo avevo considerato allora un rimedio alla sua solitudine, a quei vuoti in cui si ritrovava a galleggiare quando le mie assenze da casa erano piuttosto frequenti e lunghe.

«Si chiama Martino. Martino Rochard», aveva detto Nina, scuotendomi dai pensieri.

«Chi?».

«Come chi, papà! Il bambino!».

«E si può sapere perché è orfano?».

«La madre l'ha abbandonato quando aveva pochi mesi, per poi scomparire, e suo padre è morto in carcere; così mi ha raccontato, in confidenza, la suora che ho in cura».

«Bella coppia di delinquenti».

«Prima di parlare bisognerebbe conoscere bene le loro storie. Della madre non si è saputo mai niente, ma il padre non era un delinquente. Era un ingegnere finito in prigione per problemi finanziari che avevano portato al fallimento la sua azienda di costruzioni. Probabilmente sarebbe uscito in poco tempo, ma non ha saputo reggere lo stress psicologico. Così si è suicidato, con una maglietta annodata al collo».

«Che brutta storia, mamma mia», avevo detto, ma senza partecipazione, girando lo sguardo per la camera per fermarlo poi sopra uno scaffale, su una foto in bianco e nero in cui Nina, che avrà avuto quattro anni, era ritratta insieme a sua madre. Imbacuccate e sorridenti su una solitaria spiaggia, d'inverno.

Ecco, insomma, come Martino era arrivato nella nostra vita. Soprattutto nella mia, perché Nina se la sarebbe poi filata in America. Una cosa temporanea, anche quella, aveva detto. *Temporanea*: figuriamoci.

Forse gli assistenti sociali si erano dimenticati di noi, forse Nina, che aveva seguito tutte le faccende burocratiche di affido, ci aveva messo del suo, forse un giudice del Tribunale per i minorenni aveva usato la pratica che ci riguardava per accendere una stufa nell'archivio generale. Così m'ero figurato. Fatto sta che Martino, quando ci siamo trasferiti nella casa in montagna, era ancora affidato a me.

Dovevo comunque ammettere che Nina aveva avuto ragione. Il ragazzino non era mai stato ingombrante. Tutt'altro. Anche se già a partire dalla prima settimana a casa aveva tirato fuori un caratteraccio da farmi venir voglia di rispedirlo all'istituto seduta stante. Aveva avuto dei veri e propri attacchi d'ira, dei rifiuti drastici, arroccandosi spesso su posizioni inamovibili. Senza motivo. Avevo comunque adottato la tattica del soprassedere, preferendo lasciarmi scivolare addosso i suoi problemi. Non volevo farmi coinvolgere in niente che lo riguardasse al di là dell'ordinaria amministrazione. Io non ero suo padre, lui non era mio figlio. Qualcun altro avrebbe provveduto.

Oltretutto anche io avevo un caratteraccio che nel tempo era andato peggiorando. Non ero litigioso; anzi, riuscivo a mostrare un consolidato aplomb quando ero con gente estranea e mantenevo un certo atteggiamento formale indispensabile nel mio lavoro che però, all'atto pratico, svolgevo sempre più svogliatamente, in maniera quasi sciatta. Io, che ero stato un brillante inviato, conteso dai direttori dei giornali. Ma quando mi guardavo allo specchio consideravo quello di fronte a me un estraneo, un usuraio dei sentimenti, sempre più avaro nel concederli, sempre più arraffone nel pretendere quelli degli altri. La mia vita stava andando alla deriva, ne ero consapevole; ma non trovavo, o non volevo trovare, un relitto a cui aggrapparmi in questo triste navigare.

Insomma, non ero di sicuro io il supporto ideale per Martino, anche se fin dal primo momento mi aveva dato l'impressione che a lui bastasse la mia presenza non belligerante. Quando lavoravo nello studio si sedeva accanto a me, accendeva uno dei miei computer e passava il tempo a smanettare alla ricerca dei suoi argomenti preferiti. Leggeva, disteso sul divano, e spesso si addormentava. Se veniva qualcuno, stava lì con noi per un po', muto. Poi, senza una precisa ragione, si alzava di colpo e se ne andava nella sua stanza.

Io, considerandolo una persona che da un giorno all'altro sarebbe potuta andar via, lo guardavo con un po' di distacco, non mi facevo coinvolgere, lo lasciavo fare. Forse era per questo che in qualche modo *gli piacevo*, guadagnandomi, a volte, immotivati sorrisi, che affioravano da chissà dove.

Tutto questo poi si manifestava nei fine settimana o la sera, perché fin nel tardo pomeriggio Martino continuava a frequentare le elementari dalle suorine che lo avevano allevato per molti anni. Da quando non era più un involontario ospite fisso, avevano preso a ben volerlo. Non che prima non gli volessero bene, per quanto m'era dato sapere, ma, da quando Martino era con me e Nina, pagavo una cospicua retta per fargli continuare le elementari là dove le aveva iniziate. Nella retta era compreso anche l'autobus scolastico che la Curia aveva messo a disposizione dell'istituto. Così Martino andava e tornava da solo, bastava che io o Nina ci facessimo trovare al portone di casa nell'orario prestabilito.

Ogni tanto, preso da qualche refolo di buonismo, mi presentavo davanti al cancello della scuola, che era nello stesso edificio grigio che ospitava l'orfanotrofio, anche se il più delle volte ero guardato con sospetto dai genitori degli altri ragazzi. E sì che ero sempre ben vestito e in ordine. Da lì ce ne andavamo da qualche parte; al cinema, a un incontro sportivo non troppo affollato, in pizzeria al turno delle sette e mezza, quando di solito c'era meno gente. Sempre senza scambiarci troppe confidenze, ma anche senza patemi. Perché a un certo punto m'ero semplicemente detto: ci sarà un motivo per cui le cose capitano. Avrei dovuto capire, da quel pensiero, che avevo imboccato la pericolosa strada della rassegnazione.

A parte la difficile convivenza delle prime settimane, qualche scaramuccia intensa ma di breve durata su faccende quotidiane come il disordine sovrano, il rifiuto della doccia, la TV lasciata sempre accesa e cose simili, e un conseguente distacco comportamentale («io faccio così, tu fai come ti pare»), fino al termine delle scuole elementari tutto era andato avanti senza scosse particolari. A dire la verità anche senza emozioni significative, di quelle che lasciano per qualche istante con il fiato sospeso per la sorpresa o che regalano evidenti segni positivi di cui tener conto. Sembravamo due vecchie zitelle che condividono la casa per farsi compagnia, che magari si sopportano con qualche sommesso mugugno e con quella latente ma terribile paura di rimanere sole. Il quieto vivere.

Del resto, mi chiedevo ogni tanto, perché riversare una parte di me su Martino? Un giorno qualunque si sarebbe potuto presentare alla porta un assistente sociale, un funzionario comunale o gente simile e dire: «Salve Guerrieri, sono qui per informarla che domani veniamo a prendere il ragazzo. È stato adottato da una famiglia di Cagliari. Questa è l'ordinanza del Tribunale, grazie e arrivederci». Una cosa così. Forse, dunque, avevo paura del distacco. A me i distacchi, forzati o anche voluti, non sono mai piaciuti. Eppure ero diventato un asociale. In quel periodo la mia mente era occupata anche da altre argomentazioni deprimenti, che avevano un unico filone: il lavoro. Sempre più scarso, sempre mal considerato, sempre meno pagato. Una brutta faccenda. Da anni, ormai, mi applicavo all'arte del barcamenarsi. Insomma, anche nella professione andavo avanti un po' a tastoni e a volte picchiavo la testa contro il muro della rassegnazione. Questo, pian piano, mi aveva fatto perdere la voglia di fare delle cose che un tempo facevo, e che proprio in quei momenti di crescente apatia mi sarebbero state utili. Cose semplici, come andare a correre al parco, a bere un aperitivo con qualche collega, accettare gli inviti a cena degli amici dai quali mi ero da tempo defilato. Fortunatamente c'era Nina, la mia solida ancora di salvezza. Martino invece era una specie di piccola boa fluttuante, priva di un ancoraggio, alla quale girare intorno senza trovare la direzione giusta per proseguire.

Fino al giorno in cui ero stato invitato, con un sintetico SMS, a un colloquio con la preside dell'Istituto Roberto Franceschi dove Martino era andato nel frattempo a occupare stabilmente un banco nelle retrovie di una classe di prima media. Mi ero presentato senza conoscere il motivo dell'invito.

Il tasso è una pianta magica, anche se gli uomini, oggi, con quella che chiamano l'arte toparia, la riducono a una caricatura, dandole, con le forbici, forme di animali o di oggetti. È un albero con molte sostanze velenose per noi

e per le bestie, e la sua capacità di uccidere è trasmessa anche dal legno, molto resistente e anche molto elastico. Gli inglesi, infatti, ci costruirono anticamente gli archi più potenti che potessero esistere, per tirare le frecce molto lontano e fermare anche i cavalieri con le armature pesanti.
La corteccia e le foglie del tasso, se trattate da esperti, possono però anche restituire la vita, ovvero produrre medicinali che aiutano a guarire da malattie molto gravi.
Il tasso è anche una pianta immortale perché, quando è lasciata crescere in pace, riproduce se stessa proprio quando sembra che stia per morire. Infatti, nel tempo, il tronco si svuota, rimane solo l'involucro di corteccia vecchia, ma all'interno dell'involucro si sviluppano i rami, che scendono in basso, si infilano nel terreno e danno vita a un nuovo tronco senza che nessuno se ne accorga. Il tasso, quando raggiunge le centinaia di anni di età, è composto da tanti tronchi messi insieme.

«Come le pare?», mi aveva chiesto la preside dopo che avevo alzato lo sguardo dal foglio dirottandolo, con taglio interrogativo, su di lei e sulla donna elegante che le stava accanto, alla quale avevo stretto la mano cinque minuti prima ricevendo in cambio un formale: «Elena Borioli, piacere».

Mi hanno fatto venire fin qui per avere la mia opinione su un tema sugli alberi? Non avevo fatto in tempo a tradurre il pensiero in parole che lei, di nuovo: «Che ne dice?».

«A parte l'arte "toparia" al posto dell'arte "topiaria", mi sembra scritto bene. Sintetico, se vogliamo, ma anche essenziale, con i verbi corretti e le virgole al posto giusto. Ma per capirlo vi ci voleva il parere di uno scrittore?», avevo concluso cercando, in una replica come al solito scadente, di rigirarla in battuta, ma senza riuscirci. La preside si era irrigidita. La vicina però era subito intervenuta.

«Mi scusi dottor Guerrieri, approfitto per presentarmi meglio, sono una psicologa e consulente di questo istituto...».

I miei pensieri, già poco ordinati, avevano avuto un ulteriore rimescolamento.

«Anche a me questo tema sembra proprio ben fatto. Il lavoro di un ragazzino di prima media piuttosto intelligente, suo figlio Martino», aveva precisato con un sorriso di vano compiacimento.

«Vi ringrazio», avevo detto sporgendomi in avanti sulla sedia fino ad appoggiare irrispettosamente i gomiti sulla scrivania della preside, «siete gentili a invitarmi per dirmi questo...». Ero solo nervoso, ma ero sicuro di essere sembrato arrogante.

«No, c'è dell'altro». Anche la psicologa s'era subito risentita ed era pronta a una spiegazione.

«Lo immaginavo», era stata la mia sconsolata risposta.

«Vede», aveva riattaccato la Borioli, «suo figlio Martino ha una capacità intellettiva a tratti superiore a quella di molti suoi compagni, ma la indirizza solo verso le materie che a lui interessano particolarmente. Certo, ognuno di noi ha attività che preferisce fare, meglio o più di altre, ma il suo approccio con la scuola, vale a dire con gli insegnanti e con i compagni, è piuttosto intermittente. Abbiamo notato, in questi primi mesi scolastici, che fa cose eccellenti e altre disastrose perché le ignora o, peggio, le rifiuta. Oltretutto non sa relazionarsi. È come se vivesse da un'altra parte, come se la scuola fosse solo una capanna o una grotta in cui trovare rifugio. Mi permetta la domanda diretta: anche a casa è così?».

«È contenuto, nel fare e nel dire; non è certo un tipo espansivo. Sì, effettivamente si applica solo su alcune cose: sa fare, per esempio, degli origami complicati e bellissimi, sa trafficare con il computer meglio di Bill Gates, non impara a memoria una poesia di tre righe nemmeno sotto tortura, ma conosce nome e posizione delle costellazioni, si fa rigorosamente i fatti suoi e non ama le smancerie. Proprio come me, che poi, a conti fatti, non sono nemmeno suo padre, come immagino voi ben saprete. Nonostante questo, ha concluso le scuole elementari come si deve e scrive i temi di prima media altrettanto brillantemente, come mi avete appena dimostrato...».

«Vede signor... dottor Guerrieri», era intervenuta la preside, «suo figlio... Martino, insomma, ha fatto le scuole elementari in un istituto religioso, con un'anziana insegnante che probabilmente lo avrà seguito e accudito dal primo all'ultimo dei cinque anni. In queste scuole, diciamo così, vecchio stampo, per essere sintetici, tutto procede di regola in maniera soft, meno uno dà disturbo più è considerato bravo, si conservano tutti i bambini in un cesto di bambagia, la psicologia infantile non è granché applicata... ma alle scuole medie è diverso, non c'è più la chioccia, è necessario che ogni allievo metta in campo una maggiore autonomia...».

«Mi sembra evidente che stiamo girando intorno a un problema. Ditemi qual è». Avevo tagliato corto, sollecitato a farlo da una crescente e spiacevole sensazione alle tempie che avevano iniziato a pulsarmi forte.

«Ha mai sentito parlare della sindrome di Asperger?», aveva emesso con un sospiro la psicologa, fissando la sua agenda chiusa sul tavolo.

«Mai sentita», avevo risposto di rimbalzo. Era vero. Avevo fatto un fulmineo viaggio esplorativo nella memoria, ma quel nome non mi aveva ricordato nulla. "Asperger", zero. "Sindrome" mi aveva però spaventato.

Poi, già sapendo la riposta, avevo banalmente chiesto: «È qualcosa che riguarda Martino?».

La Borioli aveva annuito; la preside si era alzata dalla sua poltrona per prendere una bottiglietta d'acqua dalla borsa e aveva ingurgitato due sorsate energiche che le erano andate di traverso.

«Vedo che lei non ama le storie lunghe, perciò...», aveva detto la psicologa dopo aver ripreso fiato. «Ritengo, con pochi dubbi in merito e dopo un attento periodo di osservazione, che suo figlio abbia la sindrome di Asperger, anche se fortunatamente in forma non eclatante, tanto che ce ne siamo accorti adesso. In realtà i sintomi sono avvertibili, da un familiare attento o da un medico esperto, intorno ai cinque, sei anni, a volte anche prima. Non è una malattia, sia chiaro, non ci sono farmaci da somministrare. Questa sindrome, per rimanere terra terra, è una lontana parente dell'autismo, ma meno evidente nelle sue manifestazioni. Non indica una disabilità, ma una abilità pilotata da meccanismi ancora in parte sconosciuti. Abilità che, in alcuni casi, può raggiungere punte di eccellenza. Lei probabilmente non sa fare gli origami come suo figlio o usare il computer altrettanto bene». Lo aveva detto allegando un sorriso poco convincente, poi aveva ripreso con tono conclusivo: «Comunque la mia è una supposizione, seppur con elementi di fondatezza; perciò una visita da un neuropsichiatra infantile sarebbe doverosa, perché i rapporti con il suo ragazzo potrebbero dover affrontare strade nuove».

Nel lungo tragitto a piedi verso casa avevo pensato a Martino, che avrebbe dovuto subire le conseguenze di quella invisibile sindrome, anche se non immaginavo quali sarebbero state. Avevo cercato di prevedere come la sua vita, nella quotidianità e nel tempo, sarebbe potuta cambiare. Pensieri superficiali, volatili, che si intersecavano però con frenesia, senza sostegni su cui posarsi.

Mi ero dovuto fermare in un bar del centro per riprendere fiato e mettere insieme sensazioni frammentarie. Seduto a un tavolino, con un caffè davanti, avevo lo sguardo un po' vago, come se stessi fissando oltre il finestrino di un treno risucchiato dalla nebbia della campagna emiliana. Avevo chiamato Nina per chiederle se lei avesse mai sospettato qualcosa e se sapeva dirmi che accidenti era, in termini pratici, questa sindrome, visto che ogni giorno era in contatto con medici, psicologi e simili. Ma non mi aveva risposto, probabilmente stava trattando, rincuorando, sostenendo qualcuno. Qualcun altro, invece del sottoscritto.

La sera, di nuovo riuniti a casa, avevo superato a fatica una cena svogliata e muta. Nina aveva continuato a scrutare lo schermo del suo cellulare. «Scusate, sto aspettando un'email davvero importante». Martino, come al solito, s'era ingozzato di riso e frittata, poi s'era alzato di scatto e aveva detto: «Vado di là, fanno vedere un documentario sui vulcani dell'Islanda». Sparito. Non avevo avuto voglia di replicare a nessuno.

Nina s'era messa a sparecchiare, sempre tenendo d'occhio il cellulare, che ogni tanto emetteva piccoli gemiti.

«Non uscire stasera, ti devo parlare», le avevo detto a un certo punto, come riemergendo da un'onda per prendere aria.

«Caspita che tono perentorio. Una cosa seria, deduco».

Mi ero limitato ad annuire.

«Devo cominciare a preoccuparmi?».

«Sì». Secco.

«Allora eccomi qua». Mi si era seduta davanti cercando di mostrarsi rilassata e disponibile. «Che succede?».

«Succede che Martino ha la sindrome di Asperger. Me lo ha detto oggi la psicologa della scuola. Tu sai di che si tratta?».

Nina era rimasta ferma a guardarmi, arricciando solo un po' le labbra.

«Più o meno», aveva detto dopo qualche secondo di apnea, «...e questo spiega molte cose». Altra immersione senza fiato, poi: «E tu che pensi?».

«Ma chi lo vuole adottare un bambino con quell'Asperger stampata addosso?». Lo avevo detto con un tono da piagnisteo.

«*Veramente* pensi questo? È la cosa più importante che sai dire?».

Un lampo era passato nei suoi occhi; l'avevo visto nitidamente.

«Perché, non è un pensiero legittimo?».

Un secondo lampo, più intenso del precedente.

«Sai dove sono stata oggi pomeriggio? Alla Fondazione Don Gnocchi. Ho fatto trattamenti su due ragazzi ricoverati. Entrambi sono in stato vegetativo permanente, uno per un incidente in moto e l'altro per una caduta mentre riparava un tetto. Le mie cure non li guariranno di certo, ma li faranno stare meglio, renderanno meno faticosa la loro vita difficile…».

«Anche la mia è già una vita difficile, non te ne sei accorta? Ci mancano pure i vegetali adesso…», avevo detto facendo un fastidioso cenno della mano, come a voler respingere qualcosa o qualcuno.

«Papà, sei odioso quando fai così. Ti lamenti per niente, eviti sempre di fare qualcosa che potrebbe aiutare gli altri».

«Io aiuto gli altri, cara mia. Magari mi lamento ma poi ci sono sempre», avevo detto alzando il tono della voce e indicando in direzione della stanza di Martino.

«L'unica volta che dovevi servire davvero non c'eri. Eri a qualche riunione assolutamente inutile, a tirartela con qualcuno che neanche conoscevi!». Così aveva urlato. Poi senza aggiungere altro s'era alzata con uno scatto ed era sparita in camera sua.

Mi aveva lasciato lì, con i palmi delle mani improvvisamente intrisi di sudore appoggiati sul gelido marmo della cucina. Ero rimasto attonito per non so quanto. Poi m'ero versato un dito di limoncello da una bottiglia mezza vuota che era lì sul carrello da chissà quando. A me quel liquore acidulo non era mai piaciuto, ma era la prima cosa che mi ero trovato a portata di mano.

Nina aveva cacciato la testa in cucina qualche tempo dopo, quando il limoncello nella bottiglia era già finito.

«Esco», aveva detto con il suo consueto tono d'efficienza, «sostituisco un ragazzo alla mensa dei barboni della stazione centrale. Non so a che ora torno. Ah, Martino si è addormentato sui cuscini; lascialo lì, non svegliarlo».

Dopo tre secondi si era chiusa pesantemente la porta di casa alle spalle e io mi ero alzato di scatto. Il limoncello o non so cos'altro mi stava provocando un attacco di vomito.

Il mattino successivo, molto presto, avevo sentito Nina confabulare al telefono, varie volte, senza capire. Poi era venuta da me, mentre mi stavo vestendo, con un foglietto in mano. «Ecco», aveva detto poggiandomelo sul letto, «professor Romualdo Rambaldi, il meglio che c'è a Milano sulla sindrome di Asperger. Oggi pomeriggio chiamalo e fissa un appuntamento per uno di questi giorni, meglio se nel tardo pomeriggio, così vengo anch'io. Vado, buona giornata». Pratica, efficiente, un procedere senza esitazioni. Dritta e avanti, se gli ostacoli non riusciva a scavalcarli semplicemente li travolgeva. Come sua madre.

Dal Rambaldi c'ero andato da solo. Alle nove del mattino dopo, in uno studio di viale Monte Nero. Il professore, anziano e segaligno, m'aveva detto: «S'accomodi qui», e s'era rinchiuso in un'altra stanza con Martino, che lo aveva seguito senza fiatare; lui, che non s'era mai fidato degli sconosciuti. I due erano rimasti dentro per quasi un paio d'ore, durante le quali non era venuto nessun altro paziente. E io lì, sulla poltroncina di pelle, col mal di pancia per la tensione crescente, a sfogliare alcuni numeri sbiaditi del «Giornale di Neuropsichiatria dell'Età Evolutiva», vecchi di tre anni, e a pensare, come se avessi avuto una raspa da falegname dentro la testa che andava avanti e indietro erodendomi il cervello. Che diavolo stava succedendo?

Ogni tanto, oltre la porta, sentivo ridacchiare, e la voce del professore alzarsi e abbassarsi o prendere intonazioni diverse. Sembravano quasi divertirsi. Quando la porta s'era riaperta era venuta fuori la testa di Martino. Con una smorfia buffa mi aveva detto: «Ehi Leo, ho la sindrome di Asperger!». L'aveva presa con spirito sportivo. Almeno lui.

Il professor Rambaldi al posto della testa aveva messo fuori solo la mano rinsecchita, facendomi segno di entrare.

Mi aveva indicato un divano davanti a lui, dove m'ero lasciato andare con l'eleganza di un elefante marino sulla spiaggia dopo la traversata del mare ghiacciato. Martino intanto era andato a sedersi sulla poltrona in pelle consunta del professore, dietro una scrivania disordinata, e aveva iniziato a piegare in tutte le direzioni un foglio appoggiato su una cartella di pelle rossiccia. Assente dal contesto, già lontano anni luce da quel che mi aveva appena detto. Senza parlare, il Rambaldi mi aveva allungato un foglietto con dei nomi. Ci avevo buttato l'occhio.

Darwin, Newton, Hitchcock, Bertrand Russel, Bobby Fischer, Mozart, Spielberg, Temple Grandin, Vernon Smith, Satoshi Tajiri, Alan Turing...

«Le dicono qualcosa?», mi aveva chiesto dopo un po' il professore, seduto davanti a me, quasi al centro della stanza su una sedia da spiaggia, in legno e tela blu.

«Più o meno, quasi tutti. Tranne questo Tajiri e... e Turing. Mai sentiti».

«Il primo è un informatico giapponese, ha inventato i Pokemon. Mi-liar-da-rio!», aveva enfatizzato mettendo in evidenza una erre moscia parigina. Poi, dopo avermi fissato per individuare mie eventuali reazioni, aveva ripreso: «Il secondo, vissuto nella prima metà del Novecento, è stato il più grande matematico del ventesimo secolo. Senza di lui l'informatica non esisterebbe. È stato anche un insuperabile crittografo, decifrò i codici di guerra dei nemici della Gran Bretagna durante la seconda guerra mondiale. Il merito della vittoria finale è stato anche suo e non solo degli eserciti sbarcati in Normandia. Si suicidò a quarantun anni, non perché malato o pazzo, ma perché continuava a subire vessazioni per via della sua omosessualità...».

«Bene... anzi no, mi scusi».

Mi aveva guardato con una certa compassione, poi aveva ripreso: «Storie affascinanti, esaltanti. Vede, tutti questi personaggi, ma potrei dargliene un nuovo e assai lungo elenco, sono o sono stati indubbiamente dei geni. Con una cosa in comune: la sindrome di Asperger. Certo, per alcuni di questi venne scoperta col senno di poi, tramite la rilettura, in chiave scientifica, dei loro comportamenti e del loro modo di vivere. All'epoca di Mozart, per dire, Hans Asperger, il pediatra austriaco che per primo cominciò a decodificare alcuni sintomi meno appariscenti dell'autismo, non era ancora in questo mondo. Tra la nascita di Wolfgang e quella di Hans passano giusto centocinquant'anni... Comunque, dico tutto questo per tranquillizzarla, per farle capire che il suo ragazzo è un tipo sveglio e sicuramente non avrà nessun problema per il futuro. Non è sofferente, non ha disturbi che gli impediranno di fare buone attività. Sarà, probabilmente, molto selettivo nei confronti delle persone, farà delle scelte precise e inconfutabili, starà decisamente alla larga da manifestazioni affettuose, e sottolineo *decisamente*, perché questa è una delle caratteristiche comuni a tutti quelli come lui. Se qualcosa non gli andrà, lo farà capire molto chiaramente, magari con toni aspri, che potrebbero sembrare anche molto fastidiosi».

«Fa così già da un bel pezzo», mi era venuto da intervenire.

«Meglio, Guerrieri, meglio», aveva detto il professore ampliando il tono della voce e la gestualità delle mani, «così lei non dovrà abituarsi a niente di nuovo. Ma se lo faccia tatuare su tutte le parti del corpo, anzi, se lo scolpisca in ogni singola cellula del cervello: la sindrome di Asperger non è un'infermità, è una condizione».

Romualdo Rambaldi, già a partire dal nome, mi era sembrato uno squinternato. Idea confermata dal fatto che s'era improvvisamente azzittito, aveva chinato la testa chiudendo gli occhi e aveva intrecciato le mani sulla fronte. Martino lo aveva guardato e aveva fatto quasi un saltello verso di lui. «Che fai, preghi?», aveva chiesto. Senza ottenere risposta.

Poi, sempre con la testa china e gli occhi chiusi, il professore aveva sollevato un indice dall'intrico delle dita e lo aveva puntato su Martino.

«Per qualche tempo lo farò seguire, anzi, farò seguire lei, egregio Guerrieri», aveva precisato spostando l'indice su di me, «dalla dottoressa Robinia Maestrelli, neuropsichiatra di chiara fama, che in termini pratici le spiegherà come comportarsi con suo figlio».

Poi si era alzato, un po' a fatica, era andato alla porta dello studio-salotto e l'aveva aperta. La conversazione era finita.

«Grazie professore, le devo...?», avevo detto mettendo mano alla tasca interna della giacca.

«Un bel niente...».

«Ma...».

«Vede Guerrieri, io ho esercitato la professione con soddisfazione e riconoscimenti per mezzo secolo, e adesso, alla mia età, visito solo chi, quando e come voglio... vada tranquillo. E mi saluti tanto Nina».

Avevo fatto un piccolo sobbalzo. «Nina? La conosce?».

«La conosco? Una delle migliori allieve dei miei corsi all'Istituto di Osteopatia. Negli studi, una molto in gamba, sveglia. A essere precisi, un caterpillar con la velocità di una Ferrari. Madonna mia, sempre a chiedere, a puntualizzare, a fare le pulci... Comunque le è tutto chiaro quel che deve fare?».

«Be', tatuare, scolpire...». Lo avevo detto così, preso alla sprovvista, ripetendo gli stessi verbi che lui aveva utilizzato poco prima.

«Non dica stupidaggini, Guerrieri. Lei deve solo accettare. Accettare serenamente quel che è stato, quel che è, quel che sarà. La saluto, mi stia bene e soprattutto si diverta col suo ragazzo, è un tipo davvero in gamba».

Ce n'eravamo andati. Martino aveva lasciato sulla scatola dei sigari del professore un bel gallo color avorio, fatto con la preziosa carta intestata del luminare e con la coda piumata e gialla dei post-it.

Il primo incontro con Robinia Maestrelli era avvenuto quattro giorni dopo la visita dal Rambaldi, a un tavolo della Trattoria Riva, un'alternanza di menù lombardo-tibetani per merito del matrimonio tra i due cuochi, in via Vespucci, tra i nuovi grattacieli milanesi. La dottoressa era secca e grigia come un ramoscello d'olivo di tre Pasque addietro. Inguainata in un abito nero sopra stivali alti e lucidi da moschettiere e con un'acconciatura rasta nonostante non avesse più vent'anni ma almeno il doppio, aveva buttato l'occhio sul menu e, senza la minima esitazione, s'era fatta portare uno di tutto: antipasto, primo, secondo, contorno e caffè corretto col Mistrà Varnelli. Più che di chiara fama m'era sembrata piuttosto affamata.

Di Martino sapeva già molte cose, tramite le schede diagnostiche del Rambaldi, perciò aveva voluto conoscere qualcosa di me, di come vivevamo in casa, del lavoro, del mio tempo.

«Perché vede, Leonardo», aveva detto mentre centellinava il caffè profumato di anice, «queste informazioni sono utili per poter convogliare le vostre norme comportamentali verso la migliore convivenza possibile, per gettare ponti verso una più ampia socialità o, al contrario, per poter erigere eventuali muri di difesa. Perché come sostiene Tony Attwood, il più grande esperto mondiale dell'Asperger, questi ragazzi soffrono non a causa della sindrome, ma a causa delle persone che girano loro intorno, gli assedianti».

Così, in quell'angolo appartato della trattoria e poi passeggiando per corso Como e via Garibaldi fino ad arrivare a piazza Castello, le avevo raccontato piccoli frammenti della mia vita, cose di scarsa rilevanza a dire la verità, più per essere cortese che per altro.

Avevamo camminato lentamente fin sotto al suo studio, all'Arco della Pace.

«Caro Guerrieri, dovremmo rivederci presto per approfondire e varare un programma d'azione efficace», mi aveva detto salutandomi con un sorriso timido.

In effetti ci eravamo rivisti, un paio di settimane dopo; a me era sembrato, nel frattempo, che non ci sarebbe stato bisogno di nessun piano d'azione efficace. Tutto era andato per il solito verso; a casa avevamo ripreso a vivere tranquillamente nei nostri spazi riservati e secondo i ritmi di prima, come se nulla fosse successo. Martino andava regolarmente a scuola e poi rimaneva trincerato nella sua stanza, tra schermate di botanica e di zoologia e a studiare un manuale, grosso come l'elenco telefonico, di una macchina fotografica digitale che gli avevo regalato non appena eravamo usciti dal professor Rambaldi. Dopo aver comprato il regalo avevo chiamato Nina per invitarla a pranzo in un bar del centro dove facevano ottimi hamburger e raccontarle nel dettaglio cosa aveva detto il *suo* professore. Lei era arrivata con aria mogia e aveva ascoltato senza interrompermi, mentre Martino affogava le punte delle dita nella maionese che accompagnava le patate e se le succhiava senza ritegno.

Poi aveva guardato l'orologio e aveva fatto uno piccolo scatto. «Devo andare, ho un nuovo paziente fra venti minuti e non voglio arrivare in ritardo. Senti… in questi giorni abbiamo fatto finta di niente, come se tutto fosse normale, ma volevo chiederti scusa per quella frase che ti ho detto la settimana scorsa, quella sulla tua assenza quando…».

«Lascia stare. Ci ho pensato su un bel po' e probabilmente avevi ragione tu. Non vorrei aggiungere altro».

«No, non avevo ragione per niente. Tu stavi solo facendo il tuo lavoro, mica eri partito di tua iniziativa o per andare a spassartela da qualche parte…».

Si era alzata all'improvviso, mi aveva dato un bacio e aveva suggerito a Martino di farmi una carezza con le dita imbrattate di maionese. Poi se n'era andata quasi di corsa verso la fermata della metropolitana.

Nina l'inarrestabile, con tutti i suoi impegni. Avessi avuto io un decimo della sua energia e della sua voglia, avrei potuto fare grandi cose. Invece in quei giorni me ne stavo sul divano, indaffarato a far telefonate e a scrivere testi per un robusto inserto pubblicitario per conto di un quotidiano. Altro che le corrispondenze dalle zone di guerra rischiando la vita per portare a casa *la verità*. Mi ero dovuto adeguare da tempo a scrivere testi compiacenti a tavolino per portare a casa pane e companatico.

Robinia Maestrelli s'era rifatta viva altre volte. Eravamo entrati in confidenza e ce ne eravamo andati a passeggiare al parco Sempione, appena fuori il suo studio. In alcune occasioni aveva voluto che portassi anche Martino. All'inizio mi aveva dato qualche dritta che riteneva utile, ma che io già applicavo. «Mi raccomando, frasi corte e chiare, ragionamenti brevi e lineari, a costo di diventare banale; poi: mai parlare a un Asperger per metafore, non le capirebbe. Mai dirgli, faccio un esempio, "ho un diavolo per capello"; lo manderesti in tilt».

«Cara Robinia, consiglio inutile, se permetti. Se trovassi scritto in un mio testo "ho un diavolo per capello", oppure "ho le mani in pasta", mi dimetterei all'istante».

Non davo comunque molto credito alle sue indicazioni; non per mancanza di considerazione, ma perché quel che lei suggeriva noi lo avevamo già messo in pratica da soli.

La nostra comunicazione era già essenziale per istinto, carattere, abitudine, praticità. Insomma, comunicavamo poco e in maniera sintetica, ed era probabilmente per questo che riuscivamo a intenderci con chiarezza.

La Maestrelli, nel tempo, era riuscita comunque a spiegarmi diversi aspetti della sindrome di Asperger. La più sorprendente era la non classificazione della gravità.

«Non c'è una lancetta che oscilla per indicarne il grado. Non è una malattia fisica che si identifica attraverso delle analisi mediche, guardando una lastra o in un microscopio. L'Asperger è un pianeta lontano e silenzioso, in molte aree ancora inesplorato. Martino può mostrare un giorno la solitudine e la crudeltà di un bambino soldato e il giorno dopo la solidarietà e l'affetto di un figlio che si sente amato, al sicuro. Non sarà facile districarsi tra questi estremi. In compenso, per lui sarà tutto nella *sua* norma e non ne soffrirà. Così dice almeno la neuropsichiatria, fin dove è riuscita ad arrivare...».

Più volte, nelle nostre conversazioni deambulanti lungo i vialetti del parco Sempione, avevamo anche preso benevolmente in giro il professor Rambaldi.

«Ti avrà mostrato per prima cosa il foglietto con i nomi dei personaggi famosi!».

«Sì, la lista dei geni!».

«Scommetto che avrà detto anche: "Una sindrome che arriva a passi felpati"...».

«Sì, "così felpati che ci si accorge di lei anche dopo anni e anni"...».

«Già». Poi la Robinia s'era fatta seria. «Ci stiamo ridendo su, ma non tutti gli Asperger potranno essere Mozart o Spielberg. Questi fuoriclasse sono solo una parte della realtà. Si definisce la sindrome "un autismo ad alto funzionamento", ma sono molti i ragazzi che non funzionano per niente, che vivono di ossessioni più o meno intense, di silenzi e gesti ripetitivi. Tuo figlio però non ha ritardi cognitivi evidenti, è motivato negli studi, ha interessi specifici e, come mi aveva detto il professor Rambaldi indicandomi il gallo di carta sulla scrivania, è abile e perfezionista. Probabilmente gli rimarrà una dose di egocentrismo e i compagni, all'inizio incuriositi, dopo un po' lo considereranno uno che arriva da un altro pianeta. Ne saranno spaventati o affascinati. Agli adulti parrà persino un po' snob. Sembrerà assente, ma perché avrà pensieri non facili da decifrare. Non vi intestardite a inseguirli, è una fatica spesso improduttiva. Posso trarre una conclusione? Tutto sommato tu e tua moglie avete avuto fortuna».

«Già, fortuna. Se lo dici tu... Ma se dovessi dirmi una sola cosa a cui dovrei fare particolarmente attenzione?».

«Ai cambiamenti. Sono destabilizzanti».

Non le avevo evidentemente mai spiegato tutte le vicende che mi avevano cambiato l'esistenza, e ogni volta che aveva tentato di fare piccole incursioni nella mia vita privata ero riuscito a svicolare. Anche in quell'occasione.

Forse avrei dovuto dirle che Chiara era morta ormai quasi dieci anni prima, all'improvviso, nel sonno. Un infarto cerebrale, un ictus ischemico violento che si era presentato senza che nei giorni precedenti fossero suonati campanelli d'allarme. La signora che per un paio d'ore al giorno veniva a sistemare casa l'aveva trovata su un fianco, con gli occhi chiusi e un braccio piegato sotto il cuscino, come se dormisse ancora profondamente. Nina quella notte non c'era, era rimasta a dormire da una sua compagna di scuola che abitava dall'altra parte della città. Il fatto è che non c'ero nemmeno io. Ai tempi facevo il giornalista raffinato e quella notte l'avevo passata in un albergo di Bruxelles dove, per conto del «Mondo», il settimanale per cui lavoravo, ero andato a seguire un inconcludente convegno sulle prospettive economiche dell'Europa o una cosa simile. Avevo sentito Chiara al telefono poco prima di mezzanotte, aveva avuto per tutta la giornata un insistente mal di testa dovuto, così aveva detto, all'incontro mattutino con un cliente che l'aveva stressata su certi progetti di ristrutturazione di una villa. Ma al momento di scambiarci la buonanotte si sentiva finalmente rilassata. Aveva appena visto un bel film in TV e stava leggendo le prime pagine di un libro che prometteva di essere appassionante.

Il medico aveva detto che il suo cuore aveva smesso di battere tra le tre e le quattro del mattino. Il mio aveva smesso di vivere appena qualche ora dopo, quando la madre della compagna di scuola di Nina mi aveva chiamato al cellulare.

La passione per le montagne m'era venuta da ragazzo guardando una piccola foto in bianco e nero con i bordi seghettati, dove c'era mio padre. Alto, magrissimo, capelli neri e fitti, gilet di lana intrecciata sopra una camicia bianca dalle maniche rimboccate con molta cura, pantaloni alla zuava avvolgenti che gli stavano a pennello, scarponi di cuoio. Era adagiato su una cresta rocciosa, cielo e nuvole sullo sfondo, circondato da belle ragazze coi calzettoni e le gonne pesanti fino al ginocchio.

«Molto figo», aveva sintetizzato Nina guardando quel ritratto di suo nonno che mi ero portato via dalla casa di Roma in cui ero nato, nel quartiere Prati. Su quella foto avevo cominciato a fare castelli in aria e anni dopo, fissati gli ormeggi a Milano, avevo iniziato a mettere in pratica quelle fantasticherie, partendo dalle montagne vicine per poi allontanarmi sempre un po' di più.

Un giorno, per caso, da un'anziana parente – una delle giovani e sorridenti ragazze che circondavano con ammirazione mio padre alpinista – ero venuto a sapere che quella foto magica era stata scattata sulla cima del monte Soratte. *Gelido e candido di neve*, lo aveva descritto un paio di millenni prima il poeta Orazio, e interessante per le sue voragini carsiche; ma alto non più di settecento metri e piantato, senza quei contrafforti di sostegno che avrebbero potuto renderne almeno avventuroso l'avvicinamento, nel bel mezzo della campagna romana; a Sant'Oreste, mica a Saint Moritz. L'immagine, passata da eroica a casalinga, non mi aveva però deluso, anzi. Se mio padre aveva ottenuto un successo così sul Soratte, figuriamoci su un gigante delle Alpi, m'era venuto da pensare ogni tanto, quando una delle mie occupazioni principali era stata cercare consensi femminili. E in fondo avevo avuto ragione. Perché poi, proprio salendo in solitaria i 4.102 metri della Barre des Écrins, nel versante francese delle Alpi occidentali, avevo conosciuto Chiara, che saliva in cordata con altri amici. In cima, le solite foto reciproche, saluti frettolosi e occhiate rapide, con la preoccupazione di tornare rapidamente a valle per via delle nuvole scure in arrivo. Ci eravamo rivisti poche ore dopo in un affollato rifugio, al riparo dalla pioggia, seduti su una panca a un tavolo comune. Dopo qualche birra, i suoi due compagni si erano addormentati appoggiando la testa sul tavolo. Uno di loro le si era riversato quasi addosso e l'aveva costretta a scivolare verso di me, spalla contro spalla.

«Mi scusi», aveva detto imbarazzata.

«Si figuri. Almeno ci teniamo caldi», avevo aggiunto ridendo, attratto dai suoi occhi blu. Poi avevo chiesto: «Da dove venite?».

«Da Milano».

«Anche io, che caso singolare».

Da allora eravamo rimasti spalla contro spalla, frequentando altre montagne, creando una famiglia, cambiando case e occupazioni.

Poi, dopo la sua morte, tra il vai e vieni inarrestabile di Nina, l'arrivo di Martino e i progetti di lavoro spesso inconcludenti che mi costringevano a cercarne sempre di nuovi, in montagna c'ero andato molto meno. Avevo ripreso a farlo nei fine settimana in cui Nina era libera da impegni e poteva occuparsi di suo "fratello", come si ostinava a chiamarlo lei, a tempo pieno. Escursioni senza compagnia, un po' bolso per la totale inattività fisica in città, contento di andare, sì, ma più contento di tornare a casa. Non più salite verticali come un tempo, ma camminate orizzontali che però, senza che me ne rendessi conto, s'erano poi fatte via via più lunghe, più esplorative e contemplative. In certe giornate, quando raggiungevo qualche cresta ampliando l'orizzonte, i pensieri si liberavano più facilmente e i rimpianti per le cose che io e Chiara avremmo potuto fare e non avevamo fatto, per le assenze prolungate, per gli abbracci dati a volte con parsimonia e le parole trattenute, si alleggerivano. Alla fine, quando tornavo a casa mi sentivo meglio di quando ero partito. Almeno in parte. Qualche volta ero riuscito a trascinarmi dietro Martino, dapprima restio, poi consenziente, quindi sempre più disinvolto. Alla fine stare per campi, boschi e rocce gli piaceva, anche se non aveva mai fatto una dichiarazione d'innamoramento.

A scuola, anche dopo la scoperta della sindrome di Asperger, non aveva mai avuto nessun problema con gli studi. In qualche materia tecnica riusciva a destreggiarsi in maniera sorprendente, in altre era una schiappa; ma grazie a una memoria inossidabile, tranne che per le poesie spesso infarcite di quelle similitudini per lui incomprensibili, alla fine era sempre riuscito a cavarsela.

Non così da un punto di vista sociale. All'inizio della terza media erano arrivati dei nuovi compagni, due dei quali si erano atteggiati subito a piccoli boss. Privi di coraggio, avevano preso di mira il più solitario: prima con insulti fantasiosi, ma non per questo incruenti, poi ci avevano aggiunto furtarelli, spintonate, intimidazioni e sputi.

Lui aveva mostrato, come al solito, indifferenza totale, almeno in apparenza. E questo aveva fatto crescere il livello delle angherie dei due piccoli torturatori, i quali non riuscivano a dare soddisfazione alle loro frustrazioni. «Famiglie con problemi, bambini difficili», avevano detto gli insegnanti, «bisogna essere tolleranti». E questo mi faceva ingrossare le vene del collo, perché era la solita frase che nella scuola stava a significare "non è un problema nostro". Invece lo era. Eccome, se lo era.

Martino, che nello stare alla larga da loro aveva trovato la sua spontanea forma di difesa, al pranzo scolastico dell'ultimo giorno prima delle vacanze di Pasqua si era rimpinzato di cibo come un predatore che non mangiava da un mese. Aveva quindi aspettato che i due teppistelli fossero vicini tra loro e si era fatto inaspettatamente sotto, faccia a faccia. Poi, con uno scatto, si era infilato due dita in fondo alla gola e gli aveva vomitato addosso cibo, muco, saliva e bile.

Il racconto di quella sceneggiata non mi aveva fatto dormire. Avevo passato un'altra notte a immaginare un futuro, a rispolverare vecchi pensieri, a tirare somme dal risultato sempre negativo: il lavoro scivolato nelle sabbie mobili del precariato e della sottomissione, Nina oltre il Mar Oceano, Martino maltrattato, amici zero e zero anche i motivi per rimanere legati a questa città. Al termine di quella notte passata ad occhi spalancati avevo deciso che era arrivato proprio il momento di andare a vivere nella casa di montagna. Meglio affrontare il rischio di un cambiamento che, come aveva detto la dottoressa Maestrelli, sarebbe potuto risultare *destabilizzante*, piuttosto che continuare con una vita scadente per entrambi. Meglio cercare di far accadere le cose, piuttosto che stare fermi, passivi, ad aspettare che accadano.

Così, all'inizio di maggio, anche se mancava poco più di un mese alla fine della scuola, avevo chiesto e ottenuto con sorprendente rapidità ("due rompiscatole in meno", doveva aver pensato la preside dell'Istituto Franceschi) una dispensa scolastica per Martino, garantendo che si sarebbe ripresentato a Milano per gli esami di chiusura del triennio. E pochi giorni dopo eravamo finalmente partiti, sul camion di Canessa.

Lassù, sui pascoli alti da cui si poteva vedere la nostra nuova casa, le ghirlande di neve erano il trait d'union tra il verde intenso dell'erba nuova e il blu del cielo.

I primi giorni ce l'eravamo presa comoda, come se fossimo in vacanza. Martino poi aveva pisolato più del solito, nelle due stanze che costituivano il suo solido Forte Apache e anche sotto la veranda, con la luce nuova, l'aria pulita, il bosco e gli orizzonti disegnati dal profilo delle montagne, pronte a cambiare colore, spessore e profondità secondo il navigare delle nuvole e la parabola del sole. Quel dormiveglia da animaletto selvatico che sta per uscire dal letargo era un suo modo silenzioso per assorbire le cose, per far rimarginare forse qualche cicatrice dell'anima. Così m'ero immaginato io. Avevo sistemato un po' di faccende in casa, attivato i collegamenti, studiato il punto in cui avrei coltivato l'orto. Avevo anche fatto, con Martino silenziosamente al seguito, dei giri a piedi intorno e nelle borgate vicine, per scovare negozi utili e per riprendere i contatti con qualcuno che all'occorrenza avrebbe potuto darci una mano e che in passato io e Chiara avevamo frequentato solo in maniera occasionale. A un paio di persone avevo dovuto dire di lei, ma fortunatamente, con la scusa che Martino poteva diventare irrequieto, solo in maniera sommaria. Erano passati dieci anni, non sapevo se "l'elaborazione del lutto", processo che qualche illustre psicoterapeuta aveva anche catalogato in fasi ben precise, l'avessi del tutto superata. Io dallo psicologo non c'ero mai stato. Che ne sapeva lui di me? Perché avrei dovuto raccontare i dettagli intimi della mia vita a uno sconosciuto? Per ritrovare a fatica e per gradi un certo equilibrio avevo ripreso ad andare in montagna, mi ero occupato con maggiore cura di Nina, avevo cercato di smussare qualche rimorso trovando giustificazioni plausibili a certi miei comportamenti e avevo versato qualche lacrima quando mi ero sentito prendere dalla malinconia. E alla fine mi ero trasferito qui, in montagna, con un ragazzino ormai quasi quattordicenne che, specie dopo la partenza di Nina, aveva ravvivato nel mio petto piccole fiamme di amore paterno.

Le persone con cui avevo subito riallacciato rapporti cordiali erano Augusto Bermond e suo figlio Daniele. Avevano una stalla ordinatissima con una trentina di mucche da latte, una stalla più rustica per le capre e un paio di maiali, e un piccolo caseificio; possedevano inoltre dei pascoli, una serie di orti distribuiti nei campi vicini più soleggiati e un grande pollaio ben protetto dalle incursioni notturne delle volpi. Verdure, latte, formaggi, uova e carni venivano venduti in parte nei negozi di alimentari dei paesi intorno e ai turisti, e in parte finivano nella cucina del loro agriturismo, Barba Gust, dove in passato Chiara aveva mandato molti suoi amici. Era ben attrezzato con una grande sala da pranzo di pietra e legno, eredità di un vecchio ricovero per animali, riscaldata da stufe panciute e camini accesi. All'ingresso si veniva accolti dai profumi delle pietanze in cottura e tra i tavoli, ben distanziati tra loro, ci si dilungava in chiacchiere nei dopocena, sorseggiando i digestivi e certi distillati aspri fatti in cantina senza stare tanto a guardare le regole, con pigne, bacche, radici o infiorescenze di piccole piante selvatiche. Nei due piani superiori dell'edificio c'erano poi le stanze per gli ospiti, con mobili contadini sobri e confortevoli. Un posto sul quale io e Martino avremmo potuto fare ampio affidamento.

Augusto aveva ben presto tracciato una nuova rotta nella vita di Martino. A dire la verità avevano cominciato le sue mucche.

«Vacche. Vacche! "Mucche" è come dicono i cittadini», mi avrebbe a breve spiegato Martino.

D'estate stavano in giro a pascolare in alta quota, ma

la sera venivano ricondotte in un prato recintato col filo elettrico per essere munte vicino a una baracchetta in cui venivano riposti i lucidi fusti metallici del latte. Non le vedevamo, le vacche, perché c'era un bosco di larici di mezzo. Però le sentivamo. Mattina e sera risuonavano i campanacci di quelle che dovevano partorire o di quelle che tendevano ad allontanarsi dalla mandria. In entrambi i casi sarebbe stato più facile rintracciarle nel bosco. Toni profondi, rintocchi lenti, anche se non mancavano sonorità diverse, a volte frequenti e allegre, quando qualche *regina* allungava il passo verso un ciuffo d'erba succulenta o puntava i ghiotti blocchi di sale che Daniele disseminava per i pascoli, molto graditi anche ai caprioli. A Martino quei suoni non davano fastidio, anzi. Erano come il latrare inquietante della volpe, il chiacchiericcio acuto delle gazze o il verso del capriolo, che abbaiava come un cane rauco. Erano suoni ambientali.

Ogni tanto la recinzione veniva abbattuta e le vacche andavano in giro al buio. Una mattina ne avevamo trovate tre accomodate sulla veranda; una s'era sdraiata contro la porta, cosicché non potevamo uscire. Avevano prima apprezzato i prodotti dell'orto che avevamo cominciato a coltivare da poco e poi, per niente esitanti davanti ai sei gradini di legno da salire, s'erano messe lì all'ombra con la solita aria indolente. Eravamo saltati fuori da una finestra, quasi per gioco, e ci eravamo messi a fare versacci e fischi e a mollare spintonate, ma non c'era stato verso di farle sloggiare. Avevo telefonato ad Augusto, che era arrivato dopo una mezz'ora, accompagnato da Daniele fin quasi sotto casa con una rumorosa moto da cross. Augusto era anziano, o almeno lo sembrava, dato che non era facile definirne l'età, come capita con molti montanari che consumano la vita tra baite, boschi e campi. Si muoveva, comunque, con energia e agilità. Cappello, camicia azzurra fuori dalle braghe cascanti, scarponi di un'altra epoca, braccia e mani nodose, forgiate da pesi, scuri e falci.

Ci aveva fatto un cenno con la mano, senza dire una parola, poi era andato vicino alle vacche e s'era messo a urlare. Le tre bestione erano saltate in piedi come marmotte in pericolo. Poi, agitando le braccia e sempre emettendo suoni gutturali, le aveva spinte verso le altre vacche che, sparse, pascolavano placide nel nostro prato selvatico e nell'orto ormai sconquassato: teste basse e code nervose che schioccavano nell'aria e frustavano i fianchi, sollevando nugoli di moschini che subito dopo tornavano a posarsi sulla loro pelle attraversata da piccoli tremiti.

Martino aveva fatto uno scatto improvviso, inaspettato, e gli era andato dietro, cercando di imitare gli stessi suoni incomprensibili. Augusto lo aveva visto con la coda dell'occhio e gli aveva fatto cenno di andare dal lato opposto, in modo da dirigere da due lati la piccola mandria che si stava ricompattando. Erano spariti oltre gli alberi, verso il recinto in alto.

Lo avevo aspettato per un po'. Un bel po'. Troppo. Così ero salito al ricovero, oltre gli alberi. Era deserto. Avevo scrutato intorno, a orecchio teso. Niente. Avevo chiamato di nuovo Augusto al cellulare che Daniele gli aveva imposto di portare con sé, specie quando andava a falciare o a prendere la legna nel bosco.

«Stiamo mungendo», aveva risposto senza nemmeno chiedere chi c'era dall'altra parte del telefono.

«Ma dove?».

«Giù al borgo, in stalla. Appena abbiamo finito le riporto l'aiutante».

«Quando?».

«L'ho detto: appena abbiamo finito. Dipende da quanto latte c'è da cavare oggi», aveva concluso, chiudendo anche la conversazione.

Erano arrivati su che era quasi buio, con un pick-up bianco. Martino aveva la faccia sporca e compiaciuta, di uno che aveva svolto alla perfezione il suo primo lavoro. Senza dir niente se n'era andato in camera sua, seguito da un mio «fatti una doccia». Augusto intanto aveva scaricato dal retro della macchina un cesto, grande come un tavolo, stracolmo di verdure ancora intrise di terra umida e viscosa.

«Visto che le hanno distrutto l'orto...», aveva detto appoggiandolo per terra, all'ingresso di casa.

«Ma è troppa roba!».

«*Crepa pansa pitost che roba avansa*», aveva detto con un sogghigno, posando il cesto in cucina.

«Senta Augusto, Martino come si è comportato?».

«Benone. Mi ha detto che voleva imparare a tirare fuori il latte... ha provato cinque minuti e adesso è quasi più bravo di qualcuno dei nostri aiutanti macedoni».

«Ma ha detto fesserie o fatto cose che non doveva?».

Mi aveva guardato con aria diffidente.

«No, perché?».

«Così. È che ha un carattere un po' speciale; diciamo che non ama le persone che gli stanno troppo vicino e su certe cose è maldestro e poco comunicativo. Qualche volta può sembrare un ragazzino difficile».

«Allora siamo in due. Anche a me le persone danno fastidio, dopo un po' che ronzano intorno», aveva detto uscendo, richiudendosi la porta alle spalle.

Il giorno dopo Martino si era offerto volontario per andare a riportare il cestone vuoto all'agriturismo. Non si era mai allontanato così tanto da solo. Quello successivo, mentre tornavamo silenziosamente in macchina da Cesana Torinese, mi aveva improvvisamente intimato di lasciarlo al bivio del borgo vecchio.

«Mi aspettano per la mungitura», mi aveva detto dandosi una certa importanza.

Il terzo giorno si era svegliato all'alba ed era uscito lasciandomi un biglietto sul tavolo della cucina.

«Vado con Gustu a fare il fieno. Torno nel pomeriggio».

Avevo chiamato Daniele per scusarmi dell'invadenza di Martino, per mettere le mani avanti, quasi a voler giustificare certi suoi probabili comportamenti. Gli avevo riassunto, davvero in due parole, la faccenda della sindrome di Asperger e dei suoi effetti spesso imprevedibili rispetto al nostro modo di vedere le cose.

Daniele mi aveva ascoltato senza fiatare, poi s'era fatto una risata. «Allora ce l'ha anche mio padre. Garantito, i due sono perfettamente uguali. Guarda che se il Gustu se lo porta dietro è perché ci va d'accordo. Poi, da quel che ho visto ieri, il tuo ragazzino sembra un gran lavoratore. C'è il rischio che non si parlino? Meglio! Sai che mi dice ancora adesso mio padre? La lingua non ha l'osso ma può fare male grosso. Capito?».

Comunque m'ero fatto dire dove erano andati a tagliare il fieno, avevo preso lo zaino e m'ero avviato, cercando di non pensare a Martino con una falce in mano. Li avevo inquadrati con il binocolo quasi due ore dopo, sui prati sopra il villaggio di Champlas Seguin. Ero rimasto a guardarli per un po'. Non m'era sembrato avessero armi taglienti al seguito. Erano andati avanti e indietro su un piccolo trattore. Poi s'erano seduti sotto un albero, Augusto appoggiato al tronco e Martino ad Augusto, come se tra i due ci fosse confidenza da tempo. Si erano messi a guardare il panorama. Ogni tanto Augusto allungava un braccio, come a voler indicare qualcosa o un luogo. Quando gli occhi avevano cominciato a darmi fastidio per via del binocolo, me n'ero tornato a casa a passi lenti.

Subito dopo pranzo me li ero visti arrivare.

«Venga a prenderlo lei. S'è addormentato, crollato di colpo», aveva detto Augusto scendendo dal piccolo trattore, ma senza abbassare la voce. Martino era rannicchiato su un predellino, in equilibrio precario, ma dormiva della grossa.

«È fuori da almeno sei ore, si sarà stancato, non è abituato a star via tanto o a camminare».

«Lo dice lei. Ho fatto fatica a stargli dietro in salita, l'ho ripreso solo quasi in cima». Aveva indicato genericamente i pascoli sopra casa, che si allungano oltre i 2.200 metri, prima di far posto alle pietraie.

Hai capito il furbetto, avevo pensato. Quando esce con me comincia a piantare grane dopo neanche un'ora, col vecchio scappa su per i sentieri.

Ero stato costretto a portarlo faticosamente in braccio.

Non lo avevo fatto per anni. Anche quando era piccolo riuscivo a tenerlo per un po' contro di me solo quando precipitava nei suoi sonni profondi, sul divano o sul tappeto, e dovevo trasportarlo nella sua camera.

Comunque, quel pomeriggio, Martino aveva l'aria davvero provata, anche se la bocca disegnava una smorfia di soddisfazione. Il tempo di depositarlo sul letto e Augusto era sparito.

Martino e l'anziano contadino avevano rafforzato la loro operativa e silenziosa amicizia nelle settimane successive. Una mattina mi ero svegliato per il rumore che i due stavano facendo mentre trafficavano nell'orto.

«Leo, qui fa tutto schifo, bisogna riconcimare, sarchiare, togliere le male erbe», mi aveva detto Martino appena mi ero fatto vedere sulla soglia.

«Che cosa?».

«Le male erbe, le erbe cattive. Sì, sì».

«E il tuo maestro che dice?».

«Bestemmia. Anche perché ha visto che abbiamo buttato via la cenere del camino. La cenere si deve tenere, Leo, bisogna metterla intorno all'orto per tenere lontane le lumache e gli insetti camminatori. Comunque adesso ci pensiamo noi. Facci un bel caffè».

«Da quando bevi il caffè?».

«Da quando sono diventato mungitore. Però lo bevo senza il *pusa caffè*. Non mi piace».

«Che sarebbe?».

«L'ammazzacaffè, quel nome del cavolo che gli dai tu. L'amaro, la grappa, il ginepro. Dovresti imparare la lingua del paese. È importante, se vuoi farti qualche amico».

In un paio di mesi quel rettangolo di terra soleggiato e piatto era diventato un *giardino di verdure*, come lo aveva definito Martino, meraviglioso, dotato di una recinzione fatta con vecchie doghe di botti rovinate, per respingere le incursioni dei caprioli e dei tassi. Acqua e letame bovino abbondavano, mentre gli insetti e i parassiti erano sterminati dai frenetici uccelli in miniatura che avevano opportunamente messo su casa lì intorno: stiaccini, o *saxicola rubetra*, per via del petto rossiccio, mi aveva spiegato a colpo sicuro Martino, la prima volta che li aveva visti.

Cavoli, verze, crauti, insalate e porri erano cresciuti oltre la metà dell'autunno, fin quando l'orto aveva preferito andare in letargo dopo una timida nevicata fuori calendario.

Pochi giorni prima della neve, Martino aveva trovato in una radura un corno di capriolo, con la punta divisa in due ramificazioni sottili, perso probabilmente da poco, perché attaccate alla base c'erano ancora delle sostanze organiche. Lo aveva portato a quello che poteva essere già considerato "il suo vecchio amico" e una sera della settimana successiva era tornato a casa con una specie di scalpellino concavo d'acciaio la cui impugnatura era la parte terminale del corno stesso. Dopo un po' erano apparsi sulla scena una lama e dei punteruoli. Martino aveva cominciato, sotto la guida di Augusto, con cui trascorreva ormai gran parte del suo tempo, a incidere il legno.

Nei campi, in attesa del grande freddo, non c'era stato più molto da fare: le vacche erano al sicuro nella stalla e Augusto ogni giorno aggiustava le loro lettiere con la paglia pulita ed elastica, gli orti erano induriti, quasi cemento. Rimanevano la mungitura, le piccole riparazioni e le camminate nei boschi da cui tornavano con qualche ramo secco caduto per il vento, buono per la stufa. A fare i formaggi ci pensava Daniele. Ne produceva meno rispetto all'estate perché le vacche mangiavano solo il fieno che era stato messo da parte, perciò venivano riservati ai clienti dell'agriturismo, pronto a riaprire per tutta la stagione dello sci.

Se Augusto prevedeva un clima favorevole, andava a fare qualche mercato del sabato o una sagra domenicale fino alle borgate a nord di Torino. Metteva una bancarella con la tovaglietta di plastica e le assi di legno su cui poggiava i formaggi, proteggendoli con i panni di lino appena inumiditi. Lasciava sempre un'estremità del tavolo a Martino, che vendeva i forchettoni, i mestoli e i taglieri di legno dal manico ornato da rudimentali incisioni. Da quando Augusto gli aveva regalato il coltello col manico di corno e poi altri piccoli attrezzi sempre più sofisticati, aveva iniziato a scolpire, scartavetrare, dare forme nuove a pezzi di legno. La sua camera era ben presto diventata una falegnameria attiva, tra le schegge, i trucioli sparsi e il pulviscolo dorato del legno che si posava ovunque. Durante i mercati i due stavano per ore seduti uno di fianco all'altro, senza parlarsi, sotto una tenda di tela sbiadita. Si limitavano a guardare la gente di passaggio e a centellinare un numero davvero minimo di informazioni a qualche cliente interessato ai loro prodotti. Gli ambulanti vicini? Nessuna confidenza, come se non ci fossero.

La passione di Martino per il lavoro manuale sul legno si era andata nel tempo perfezionando. Una sera tardi, appena tornato da Milano piuttosto afflitto per non essere riuscito a chiudere una noiosa disputa professionale, avevo trovato un bellissimo regalo. Era il giorno del mio compleanno e quello era il primo regalo che ricevevo dal giovane Rochard.

Una libreria, messa insieme con robuste cassette di frutta e scatole di vino di marca. Martino le aveva scovate un giorno in un sottotetto dell'agriturismo e le aveva sottratte al fuoco della caldaia. Le aveva pulite, aggiustate, levigate e spennellate, fissandole con delle minuscole cerniere di legno.

Con l'aiuto di Augusto aveva montato la libreria contro l'unica parete del mio studio che avesse ancora un po' di spazio. L'avevo ammirata a lungo, compiaciuto per quella struttura di legno che consideravo una perfetta rappresentazione dell'arte del riciclo, ma soprattutto frutto di un'idea, di un progetto creativo e preciso, di un accurato lavoro manuale. Di un intento generoso.

Così avevo festeggiato i miei cinquantacinque anni alle undici di sera, seduto alla scrivania, sotto la luce tenue di una lampada da tavolo che Chiara aveva comprato in un mercatino di Dublino poco prima che ci sposassimo. Io ero in Irlanda per fare la cronaca di alcuni incontri politici importanti e lei mi aveva raggiunto per il fine settimana; me li ricordavo ancora bene quei due giorni quieti e intensi.

Martino dormiva, in casa c'era silenzio assoluto. Mi ero versato un bicchiere di vino rosso ed ero rimasto lì, seduto davanti a quella libreria rustica e profumata di cera, per circa mezz'ora. Poi m'ero alzato di scatto e m'ero messo a sistemarci i libri, quelli che erano impilati direttamente contro il muro, sul pavimento, i fascicoli che ingombravano il tavolo, qualche piccolo oggetto che da mesi navigava da un punto all'altro della stanza. Avevo ancora tante foto da ordinare, ma proprio al centro della libreria ne avevo messa una sola. Ritraeva Martino con una gerla in spalla e, nella gerla, pezzi di tronchi trovati nel bosco, che avrebbe trasformato in cucchiai, ciotole, manici di bastoni da passeggio, listelle per fare riparazioni d'emergenza.

Dopo un'ora di sposta-metti-sposta, la mia stanza sembrava un'altra. Sistemando sui nuovi scaffali le cose che erano sparse nello studio ero riuscito a ritrovare degli appunti considerati definitivamente persi ma ancora utili. La libreria era stata un grande regalo, pieno di significati.

Prima di andare a letto ero passato a vedere Martino, aprendo piano la porta della sua stanza. Come al solito aveva lasciato la lampada accesa. Mentre stavo per spegnerla avevo notato che, pur avendo le palpebre socchiuse, le pupille si muovevano.

«Ehi, Marti… sei sveglio?», avevo detto sedendomi sul bordo del letto. Avrei voluto passargli piano le dita tra i capelli.

Lui mi aveva guardato e accennato un sorriso.

«No».

«Ah, mi sembrava…».

«Certo che sono sveglio… solo poco fa la civetta sul tetto ha smesso di fare i suoi versi da gatto. E anche tu hai fatto rumore. Che hai combinato?».

«Niente di che. Ho trovato un regalo pazzesco e ci ho voluto giocare subito».

S'era girato dall'altra parte.

«Grazie, Marti, è veramente un regalo bellissimo». Gli avevo accarezzato delicatamente prima una spalla e poi la guancia e lui aveva lasciato fare. Solo l'iniziale e impercettibile fremito, come ogni volta che mi avvicinavo a lui.

«Così metti un po' d'ordine...», aveva mormorato con la voce impastata, richiudendo gli occhi.

«Sì, questo tuo dono è davvero utile...».

«Se le cose non sono utili non servono a niente».

«Immagino che l'abbia detto Augusto».

«Sì, sì».

«Allora per il prossimo regalo mi aspetterò un'accetta per la legna, una zappa per l'orto, un gatto acchiappa topi...».

«Un uovo di legno».

«Un uovo di legno? E che ci faccio?».

«Aggiusti le calze. Non vedi che il pollice s'affaccia alla finestra?».

M'ero guardato i piedi, divertito e stupito dal fatto che avesse usato una metafora azzeccata. Chissà se l'aveva detta con consapevolezza o se gli era venuta così, senza costruzione.

«È colpa delle scarpe da città», gli avevo risposto, ma non mi aveva sentito. Il sonno s'era ripreso il mio ragazzino speciale. La depressione che mi aveva accompagnato per tutto il viaggio era sparita.

Ero già stato una volta a Milano con Martino, due mesi dopo il nostro arrivo nella casa di montagna.

C'eravamo rimasti una decina di giorni per permettergli di fare gli esami di terza media.

Appena arrivati avevamo preso alloggio in un piccolo albergo vicino all'Istituto Franceschi, dalle parti della stazione centrale, ma la notte, per i rumori dalla strada, Martino non era riuscito a dormire. Così il giorno dopo avevamo rifatto i bagagli e ci eravamo trasferiti non molto lontano, in piazza della Repubblica, in un appartamento che un mio ex collega ci aveva messo a disposizione, al ventisettesimo dei trentuno piani della Torre Breda, uno dei primi grattacieli di Milano degli anni Cinquanta. Lassù, a quasi cento metri d'altezza, i rumori del traffico non si sentivano affatto e dalle finestre si potevano vedere nettamente i profili delle Alpi, verso la Svizzera e la Francia. Cosa che a Martino era piaciuta molto.

Gli esami erano stati superati brillantemente ed eravamo tornati a casa di corsa, subito dopo aver saputo i risultati, felici di toglierci di dosso quella che avevamo considerato una formale ma necessaria incombenza e anche il cattivo sapore che la città ci aveva lasciato in bocca, nonostante l'egregia sistemazione, i giri pomeridiani al parco e le due visite di seguito al planetario a guardare le stelle sul soffitto in una finta notte senza nuvole. Tutte le sere, prima di addormentarci, quando a Boston era pomeriggio, avevamo chiamato Nina con Skype, per raccontarle come stavano andando gli esami e cosa avevamo visto nelle nostre camminate per la città e per dirle che la trovavamo in gran forma, anche se aveva la faccia stanca, ma soprattutto che ci mancava. Così tutte le videochiamate erano concluse da Martino con «quando vieni a trovarci?», e lei si commuoveva ogni volta e rispondeva «presto, sì, presto».

Il mese successivo avevo dovuto provvedere a iscrivere Martino alle scuole superiori ed ero stato molto fortunato perché, pur abitando in alta valle avevo trovato, non lontano da casa, un istituto che proponeva materie di suo interesse e professori sensibili. Così Martino aveva preso a frequentare il Des Ambrois di Oulx, seguendo le lezioni di Grafica, Design e Multimedia nella sezione professionale Industria e Artigianato. Al momento stesso dell'iscrizione avevo potuto parlare con la preside, Francesca Ramelli, una donna intelligente e comprensiva. Le avevo raccontato dei possibili comportamenti di Martino e lei non aveva battuto ciglio. Si era limitata ad ascoltarmi con un sorrisetto che mi era sembrato di compatimento, di quelli riservati ai genitori lagnosi. Poi, una volta esaurita la mia petulanza, era partita al contrattacco. Pacatamente.

«Qui ci conosciamo tutti e le prevaricazioni sono rare, anche se qualche naturale eccesso giovanile lo mettiamo sempre in conto. Di solito sono le famiglie stesse a smorzare sul nascere le paturnie di qualche arrogante figliolo. Altrimenti provvedo io. Qui i ragazzi sono particolarmente vivaci, ma hanno poche idee malsane in testa; lo studio serve a trovare un lavoro, non è un modo per passare il tempo. E di allievi di poche parole, che preferiscono starsene tranquilli, per educazione montanara o anche solo per mancanza di attrattive locali, ce ne sono molti. Studiano e poi spesso se ne vanno fuori valle, a Torino, Genova o magari in Francia. Insomma, l'aria è quieta e gli insegnanti sono brave persone. Si fidi. Suo figlio non credo avrà problemi. E se li avrà, sapremo affrontarli con serenità».

La preside Ramelli, che aveva un marito macellaio e cinque figli maschi dai tredici ai ventiquattro anni, era subito diventata un'altra persona importante della nostra vita.

A stare in quel nuovo mondo ci eravamo abituati entrambi molto rapidamente, il tempo di una stagione o poco più, anche se intanto ne erano passate quattro. Milano, a parte due necessarie escursioni, era lontana davvero secoli, anni luce; molte cose e luoghi li avevo persino dimenticati, così come le persone, pian piano. Ogni tanto qualcuno si era fatto vivo per telefono o con una email, alla quale spesso non avevo neanche risposto.

Per qualche tempo ero rimasto in attesa dell'onda di ritorno. All'inizio il flusso che ti culla e ti trasporta corre via liscio nel suo alveo, ma c'è sempre un momento in cui incontra un ostacolo solido, sbatte e ti si rovescia addosso. Insomma, probabilmente si sarebbe presentata l'ora del pentimento, del "chi me l'ha fatto fare", del rimpianto per le comodità urbane, dell'incapacità di tenere testa alle burrasche d'ogni provenienza.

Quando in città passavo per le redazioni, l'argomento "cambio vita" era stato spesso oggetto di pettegolezzi tra colleghi.

«Ti ricordi tizio? Quello che aveva mollato la vecchia Garzanti ed era andato a vivere sull'appennino parmense? Un suicidio. Nemmeno i negozianti gli rivolgevano la parola. Mica era uno di loro. E le serre che aveva messo su? Con le piogge e i cinghiali non sono rimaste in piedi nemmeno un'estate».

Storie di andate e ritorni, di entusiasmi e ripensamenti, ne avevamo sentite in gran quantità. Il personaggio ricorrente, comunque, rimaneva la Berta Gattavara. La tiravamo in ballo tutte le volte. Per molti anni era stata una segretaria della redazione romana del «Corriere della Sera». Poi, a una sagra domenicale dalle parti di Viterbo, s'era innamorata di un giovane allevatore che sembrava uscito da una pagina pubblicitaria di «Vanity Fair» ed era andata a vivere con lui vicino Tolfa, a un'ottantina di chilometri da Roma, in una grande casa in collina con i boschi addossati tutt'intorno e pascoli all'infinito. La Berta, coraggiosa e abile, due anni dopo aveva pubblicato, con un editore milanese, un libro di cui mi aveva fatto divertire il titolo: *Stramaledetta campagna*. Una specie di diario in cui aveva annotato, con ironia, leggerezza e credibilità, tutte le disgrazie e gli imprevisti di quello scorcio della sua vita agreste. Zanzare, alluvioni, furti, pipistrelli, assalti di ratti e di cani randagi, notti a cercare vitelli dispersi, guasti irreparabili, spese impreviste, solitudini, vicini impossibili... La Berta aveva anche una grande capacità narrativa e buoni amici recensori. Il libro era andato benone e case editrici straniere ne avevano acquistato i diritti. Appena incassati i soldi si era ricomprata un panoramico bilocale a Roma, sul lungotevere Michelangelo, con vista sulla cupola di San Pietro. E tanti saluti agli incantevoli monti della Tolfa, alle vacche maremmane e agli ultimi butteri, per quanto avvenenti.

Comunque l'onda di ritorno non era mai arrivata.

L'isolamento a noi piaceva. Molto. Lo consideravamo protettivo, rassicurante. Martino aveva trovato quella parte di mondo più consona alla sua indole, e io avevo soddisfatto un desiderio rimasto troppo a lungo in sospeso. Facevamo entrambi quel che ci piaceva fare, eravamo come ci piaceva essere. Vivevamo defilati, comunque liberi e con quanto ci serviva davvero. Questo ci teneva a distanza da numerosi problemi. Molte cose, che in città sembravano indispensabili, qui, immersi nei boschi, spesso si erano rivelate superflue, ingombranti o, peggio ancora, inutili. Non avevamo mai molta gente intorno, ma non ci sentivamo per niente soli. Consideravamo i tramonti, le luci, i caprioli, l'odore dell'erba, la neve, i fulmini, gli scoiattoli accasati tra la legna da ardere, il volo acrobatico dei corvi, le forme delle rocce e degli alberi e la solitudine, come elementi di un grande spettacolo riservato solo a noi e ogni giorno diverso. La nostra vita dopo pochi mesi ci sembrava già meno inadeguata. Del resto, che cosa avevamo lasciato? Finestre affacciate sui binari della stazione centrale, uno sbrindellato palazzo anni Cinquanta a ridosso, avide antenne paraboliche puntate verso sud, aiuole diventate inutili palestre per obesi cani da compagnia.

In casa ognuno viveva nei propri spazi; ogni tanto, come due silenziosi alianti sostenuti dalle calde correnti, ci intercettavamo. Per due chiacchiere, più le mie che le sue, e per mangiucchiare qualcosa, come due buoni amici che all'ora di pranzo si incrociano per caso in piazza e vanno al bar. Martino teneva sempre la sua porta chiusa, fuori dalla quale aveva appeso un foglietto per certi versi intimidatorio. Ci aveva trascritto una frase di Jim Morrison: «SONO NATO SENZA CHIEDERLO E MORIRÒ SENZA VOLERLO. ALMENO LASCIATEMI VIVERE COME VOGLIO!». L'aveva riportata secondo il suo stile; la scrittura partiva esattamente dai margini del foglio e finiva al limite del margine opposto, non lasciava bordi bianchi.

Un giorno gli avevo chiesto, ma senza dare troppo peso alla domanda, come mai scrivesse in quel modo serrato.

«Non bisogna perdere il tempo e lo spazio, mai lasciare vuoti».

«Be', ma tu passi buona parte del tuo tempo libero a dormire, non potresti...».

«Io dormo per sognare. I sogni sono viaggi importanti. Tu sogni?».

«Certo che sì...».

«A me non sembra che tu sogni; a me sembra che tu abbia pensieri».

Ecco, con lui era facile sentirsi in difficoltà. Poche parole affilate, spesso in grado di recidere. E anche quel suo sguardo fisso, a volte, era capace di farmi inciampare.

Era vero, oltretutto; avevo pensieri. Certo, sognavo anche: Chiara, per esempio, in situazioni immaginarie, come se avessimo avuto ancora un futuro insieme, e in abitudini che non erano state le nostre, come andare in deltaplano o tuffarci da una scogliera. O Nina, che indossando il suo camice bianco camminava speditamente per le vie deserte di una città sconosciuta. Oppure Martino, sognato spesso e sempre nella medesima circostanza: quando, a circa otto anni, era arrivato a casa per la prima volta camminando in silenzio a fianco di Nina, rifiutando di darle la mano. Erano immagini intense ma troppo brevi, evanescenti in pochi attimi. I pensieri invece mettevano radici. Non erano gravi, per fortuna: appunti mentali per affrontare il vivere quotidiano, le piccole faccende da risolvere, il lavoro da organizzare, gli orari della scuola e i miei, cose così. Mi svegliavo, a volte, con l'idea di aver già compilato l'agenda della settimana; dopo solo un secondo sapevo cosa avrei dovuto fare senza averci mai pensato prima. Il pensiero più ricorrente era anche l'unico capace di tramutarsi in apprensione. Era riservato a Martino, al suo futuro e, di conseguenza, al mio. Lo pensavo con un po' di preoccupazione, ma certo non più con quella predisposizione all'indifferenza che gli avevo riservato nei primi tempi passati insieme. O meglio, sotto lo stesso tetto milanese. Nel tempo poi mi era diventato sempre più chiaro che nessuno lo avrebbe più adottato. A parte la sua sindrome, era un ragazzino che viveva isolato in mezzo alle montagne, per di più in combutta con un asociale come me. Lo capivo chiaramente anche dalle telefonate, cortesi e formali, che ricevevo un paio di volte l'anno da qualche assistente sociale o dal giudice di turno al Tribunale per i minorenni.

«Tutto bene?».

«Sì certo, benone».

«Perfetto mi saluti il suo ragazzo, ci risentiamo se ci sono novità».

Non andava esattamente così, ma questi erano il succo e il tono. Con Nina, sempre via Skype, ogni tanto intavolavamo delle discussioni sull'argomento. Lei naturalmente era ben felice di continuare ad avere un fratello geniale e sensibile, ma al tempo stesso era sempre sbalordita dalla mancanza di controlli costanti sull'affido di Martino, per di più "problematico". Io ogni volta le facevo notare le stesse cose: che del "problematico" al Tribunale non potevano saperne nulla perché la sindrome di Asperger era stata diagnosticata circa tre anni dopo il suo arrivo a casa nostra. E che nelle nostre strutture pubbliche – dai ministeri agli uffici del catasto, dai tribunali penali e amministrativi fino al più piccolo degli uffici postali – smarrire carteggi, pratiche, singoli documenti era quasi all'ordine del giorno. Bastava leggerne le conseguenze nelle cronache dei giornali. E che dunque, per quel che ci riguardava, di problematici c'erano solo quelli del Tribunale. Nina finiva sempre con il darmi ragione, ma non riusciva a non arrabbiarsi e ogni volta concludeva con la tiritera della "grande efficienza americana".

Comunque Martino dal punto di vista burocratico continuava a non essere mio figlio e io continuavo a non essere suo padre, ma sembrava assodato che fosse parte consolidata della piccola famiglia. Io, lui, Nina. Lei errante, al di là del mare. Noi su un piccolo altopiano delle Alpi occidentali, comunicativi quel tanto che bastava alle necessità. Non c'erano altri, anche se m'era sempre piaciuto immaginare che Chiara, in qualche modo, sarebbe stata sempre pronta a darci una mano.

Dunque i miei pensieri non erano tanto rivolti a

Nina, da molto tempo capace di cavarsela ovunque e in qualsiasi occasione, ma erano riservati a Martino. Ancora un paio d'anni o poco più e sarebbe diventato maggiorenne; le regole dell'affido si sarebbero sciolte in automatico. Per certi versi una liberazione, ma lui che decisioni avrebbe preso?

«Appena gli capiterà a tiro l'occasione di andarsene, noi cosa faremo, come reagiremo?». Lo avevo chiesto spesso a Nina, nelle nostre chiacchierate serali o al mattino presto, davanti a uno schermo in cui le nostre immagini e le nostre voci andavano avanti e indietro in una frazione di secondo coprendo quei seimila chilometri che ci separavano.

Ogni volta ci eravamo dati risposte diverse, avevamo fatto supposizioni, valutato possibilità. Difficilmente eravamo arrivati a una conclusione condivisa, ma ci eravamo sostenuti cercando di essere entrambi ottimisti.

E inoltre le virtù dell'uomo non si devono misurare dalla sua eccezionalità, bensì dal suo quotidiano. Una cosa così l'aveva detta Blaise Pascal, mi sembrava di ricordare. Condividevo, perciò non ci rimaneva che cercare di vivere al meglio, giorno dopo giorno. Il passato non sarebbe tornato e il futuro era sempre un passo avanti, irraggiungibile.

Avevo conosciuto tempo addietro molte persone che avevano fatto un sacco di progetti, attività o soldi, ed erano poi rapidamente scomparsi per motivi diversi, a volte assurdi.

Già con l'inizio del primo anno di scuola al Des Ambrois le nostre giornate avevano preso a scorrere come su un binario, scandite da piccole fermate programmate e regolate da un'organizzazione semplice, funzionale.

I primi tempi accompagnavo Martino a Oulx in macchina, fin davanti all'istituto. Ritornavo a casa a metà mattinata dopo essere andato magari al bancomat, dal benzinaio, a prendere il pane, in tintoria o semplicemente al bar per un caffè diverso da quello della nostra moka e a sfogliare la cronaca delle valli sulla «Stampa». Dopo poco tempo però Martino aveva deciso che a scuola ci sarebbe andato da solo, con l'autobus che faceva capolinea a Cesana Torinese.

Così i miei tempi di uscita e dei piccoli incontri mattutini s'erano ampiamente dimezzati. In primavera, quando la neve aveva cominciato a invecchiare coprendosi di striature grigie e granulose e le giornate s'erano vistosamente allungate, Martino aveva stabilito una nuova regola: si sarebbe alzato un'ora prima per andare a piedi, partendo da casa, fino alla fermata dell'autobus. «È solo una discesa, sì, sì», aveva sintetizzato.

Avevo pensato subito che sarebbe stata un'attività molto stancante, ma in pochi mesi Martino aveva messo su qualche bel muscolo grazie al suo personal trainer Gustu, che gli faceva spostare cataste di legna, secchi di latte, balle di fieno, e tagliare i rami grossi per il camino.

I primi giorni, facendo finta di niente, lo avevo seguito a distanza, fin sulla statale. La strada sterrata che percorrevamo in macchina faceva ampie curve e un giro lungo, ma lui aveva studiato un itinerario attraverso i boschi e i prati, collegando fra loro tracce di sentieri battuti dagli animali, nascoste tra erbe e arbusti. Andava giù agilmente, frenava l'andatura saltellante afferrando con una mano i tronchi degli alberi giovani, e ripartiva di slancio se il tratto spianava. A conti fatti impiegava meno tempo di me con la macchina.

Di solito rimaneva a Oulx fino al primo pomeriggio; Francesca Ramelli l'aveva quasi adottato. Gli permetteva di restare a trafficare con i computer della scuola anche a lezioni finite, oppure se lo portava a casa per pranzo. Aveva comunque tutti i giorni cinque figli da mettere a tavola, e un ragazzino in più, silenzioso e senza pretese, non avrebbe fatto la differenza.

Verso le quattro tornava a Cesana Torinese su un autobus quasi sempre mezzo vuoto; alla fermata trovava spesso Augusto ad aspettarlo e insieme andavano in giro o in stalla dopo avermi mandato un SMS d'avvertimento. Verso le sette andavo a prenderlo in auto, approfittandone per poi fare acquisti nel piccolo spaccio del borgo vecchio.

A volte ci fermavamo a cena all'agriturismo, senza richiedere i piatti particolari preparati per i clienti. Mangiavamo quello che Elisabetta, la moglie di Daniele, cucinava per la famiglia. Andavamo tardi a cena, così ci si sedeva tutti allo stesso tavolo, accanto alla stufa che alitava un caldo avvolgente.

A volte, ritornati a casa, Martino rubava al sonno qualche minuto ancora per rifinire qualche compito o per vedersi l'inizio di un film sul suo computer. Se lo trovava promettente, il giorno dopo lo avrebbe visto tutto. Come leggere le prime due pagine di un libro su Internet o in libreria e poi decidere se comprarlo o meno. Martino era previdente; si ficcava nel sacco a pelo perché sapeva che il più delle volte si sarebbe addormentato entro il primo quarto d'ora. A me bastava entrare dopo un po' per spegnere il computer e la piccola luce. Gli sistemavo su una cassapanca magliette e mutande pulite e gli lasciavo accanto qualche euro di scorta per il giorno dopo.

Dalla sua riservata indipendenza avevo ricavato un bel po' di tempo per organizzare anche le mie giornate. Mi svegliavo presto per preparagli la colazione e poi, appena metteva piede sul sentiero, preparavo il mio zaino, sempre con le stesse cose – la giacca impermeabile e una maglia di ricambio, la borraccia d'acqua, il taccuino, il binocolo, la macchina fotografica – e me ne andavo in giro per boschi e radure d'alta quota. Tutte le mattine e con qualsiasi tempo. Anzi, mi piaceva molto uscire durante la pioggia, perché tutto diventava più nitido: i colori, le luci, le forme e anche i pensieri. Cercavo solo di stare lontano dai temporali estivi, perché l'essere incenerito da un fulmine non era un rischio remoto. Avevo sentito raccontare di vacche o pecore carbonizzate, specie nei pascoli circondati da pareti rocciose. E comunque, evitare di farsi sorprendere da un temporale era la prima delle severe regole che chi andava in montagna doveva conoscere. Per farlo aspettavo però sempre l'ultimo momento, perché uno degli spettacoli più belli era la trasformazione delle nuvole: all'inizio gonfie e di un bianco smaltato, poi bronzee per via delle saette che cominciavano a prendere vita al loro interno e, poco dopo, color grafite, con qualche crepa nera da cui farle uscire per colpire fragorosamente alberi e animali. A quel punto via, di corsa, a casa o a cercar riparo.

Andavo dunque per pratoni, creste e boschi, a passo lento. Fatica, aria e paesaggio pulivano il cervello, facevano venire le idee e mi tenevano in forma. Vagabondaggi necessari per ridare contorni a ricordi e progetti sfilacciati e farli rientrare nelle loro giuste caselle. Ma tutto sommato le cose mi stavano andando bene, a parte la mancanza di Chiara, alla quale non potevo che rivolgere i miei pensieri e le mie nostalgie, e di Nina. Ma la sua assenza la consideravo solo temporanea. Ero convinto che sarebbe tornata. Nel frattempo, sapevo bene che stava facendo un lavoro eccellente, che era molto apprezzata e che aveva ampie prospettive davanti a sé. C'era di che essere soddisfatti. Come lo ero di Martino, sempre sulle sue, ma benvoluto da quelli che aveva intorno: i suoi compagni di scuola, gli insegnanti, la famiglia di Augusto, le persone che occasionalmente incontravamo.

Su di me non avevo molte riflessioni da fare. Prima venivano gli altri, quei due ragazzi, vicini e lontani al tempo stesso. Ero comunque certo che lunghe ore di solitudini e silenzi portassero giovamenti alla mia anima e ai miei nuovi impegni professionali. Al momento non desideravo chiedere di più.

A mezzogiorno esatto tornavo a casa, puntuale come un vigile del fuoco a inizio turno. Doccia veloce e un piatto in mano, con il cibo fatto avanzare dalla sera precedente, o comunque con qualcosa di facile da mangiare a piccoli bocconi, pizzicandoli con due dita, mentre lo schermo del computer cominciava a illuminarsi. Pronto per il lavoro, che era scrivere, pubblicare in proprio grazie a un sistema online che avevo scoperto anni prima su un sito americano, e poi vendere, sempre via Internet. Non grandi opere, certo, ma cose che mi veniva facile e anche divertente fare; testi semplici, pratici e curiosi e che alla gente sembravano piacere. Libretti tipo *I vini d'alta quota*, che ero riuscito a piazzare in oltre un centinaio di enoteche e librerie del Nord Italia, oppure *I fiori nel piatto*, con le foto dei fiori che Elisabetta, la moglie di Daniele, raccoglieva nei prati e nei boschi intorno casa per dare colore e sapore alle sue pietanze, o anche *L'orto di montagna*, «con la consulenza di A. Bermond e M. Rochard», due cognomi che facevano fino.

«Potrei avere l'indirizzo dei due esperti francesi?», mi aveva persino scritto una lettrice milanese trapiantata in Valle d'Aosta.

«Mi spiace molto, gentile signora, ma per questione di privacy, oltre che di rapporti professionali esclusivi dei due consulenti con la mia casa editrice, non posso soddisfare la sua richiesta. Cordiali saluti. L'editore».

Ecco, cose così: 900 copie di qua, 1.500 di là (ma ero arrivato anche a oltre 3.000 con la biografia di un noto atleta delle valli cuneesi); in un anno riuscivo a confezionare cinque o sei libretti che, a parte il piacere e la fatica del lavoro, non mi erano costati quasi niente, visto che facevo tutto da solo senza mai scollarmi dal mio studio vista bosco. A volte, negli intervalli tra un manuale e una piccola guida, mi prendeva voglia di abbozzare qualche racconto breve, narrativa di piccolo cabotaggio, che però restava nel cassetto. Non avevo la caparbietà necessaria per rimettermi, come un tempo, alla snervante conquista di editori, e mi sembrava poco dignitoso pubblicarmeli da solo. Perciò avanti tutta con *La dispensa della casa di campagna* suddivisa per stagioni, e *Bacche e grappe*, anche se farsi i liquori in casa era probabilmente illegale.

Qualsiasi argomento avessi in ballo, all'una attaccavo a scrivere e andavo avanti senza distrarmi fino all'ora di preparare la cena. Smettevo solo se c'era Martino da andare a recuperare da qualche parte. Dopo aver sparecchiato tornavo al computer, guardavo la posta e rispondevo a qualche email, per lo più di librai o, a volte, di lettori, con i quali "colloquiavo" sempre volentieri, anche in caso di qualche osservazione negativa. Perché erano loro i miei datori di lavoro e avere un contatto diretto era sempre produttivo. Poi, sul tardi, cercavo Nina via Skype, senza essere ossessivo.

La settimana prima di iniziare a scrivere le righe iniziali di un nuovo libro – manuale, guida o romanzetto che fosse – la dedicavo interamente a documentarmi sull'argomento che avrei dovuto affrontare. Se le ricerche andavano avanti senza intoppi dedicavo una giornata intera alle mie transumanze solitarie, percorrendo altre brughiere, altre vallate e altre cime. Il sabato mattina invece cercavo di trascinare Martino a fare la spesa settimanale; poca, in verità, perché il nostro orto, attrezzato per tenere testa al ristagno della pioggia e alla voracità dei caprioli, produceva abbastanza verdura. Formaggi, latte e frutta li acquistavamo direttamente dai Bermond; la carne, buonissima ma per noi merce sempre più rara, ci arrivava sottovuoto dalla bottega del marito della preside Ramelli. Il vino lo prendevo a Castagnole Monferrato da Franco Morando, una solida conoscenza, nata avendo scritto diverse cose su di lui e sulle sue etichette, e trasformatasi poi in amicizia. Cento bottiglie alla volta, tra il rosso e profumato Ruchè e la Barbera d'Asti, andavano periodicamente ad accatastarsi una sull'altra in una piccola stanza della casa esposta a nord. Non le arrivava nemmeno il calore della cucina o del camino: era dunque una dispensa ideale.

Avevamo dato una svolta alla qualità e alla praticità della vita eliminando un mucchio di cose che usavamo in città. Martino sembrava contento di questa attenzione minimalista, da *montagnard*, come diceva lui, e che, guarda caso, era in linea con quella da sempre applicata dal suo amico Augusto.

Usavamo giacche da montagna un po' fuori moda ma molto calde, ritrovate svuotando un armadio della casa di vacanza. Gli scarponi erano buoni per tutte le stagioni, i berretti e i guanti di lana grezza acquistati a tre euro in una svendita di fine stagione al mercato di Cesana Torinese. Al posto del piumone avevamo il sacco a pelo e d'estate indossavamo camicie e magliette che non era necessario stirare. Poi stuoiette di paglia al posto delle tovaglie, la vecchia caffettiera fumante, i cesti di vimini, gli scaffali di legno grezzo. E lo shampoo e il bagnoschiuma, per dire, li allungavamo con l'acqua calda, così duravano il doppio e andavano bene lo stesso. E dell'acqua minerale gassata, che se a Milano mancava erano discussioni, non ce ne importava più niente. Eravamo diventati frugali con grande disinvoltura. Stavamo imparando a fare ma anche a fare senza, che, come diceva Augusto, per vivere in montagna era la regola numero uno.

Per entrambi, il giorno di riposo, proprio come nei vecchi uffici, era la domenica; ma fino a un certo punto, perché c'erano l'orto, la legna e la casa da rimettere in ordine. A volte, invece, ce ne stavamo lì, seduti nel prato o sotto la veranda, anche per un pomeriggio intero. Immobili e muti, a guardarci intorno, gli occhi allenati e la mente aperta. Gli alberi del bosco, l'erba incolta schiacciata solo dal passaggio lieve e radente delle volpi, i riflessi nelle pozze d'acqua, i costoni delle montagne davanti e le nuvole che andavano a farsi grattare la pancia dalle cime più alte, avevano sempre qualcosa di nuovo da raccontarci.

Se non venivamo presi da un attacco di pigrizia ce ne andavamo per boschi quasi tutto il giorno. Io con lo zaino degno di uno sherpa, perché mi portavo dietro l'inverosimile, tutto quello che poteva servire per affrontare qualsiasi situazione. Martino preferiva invece uno zaino leggero, con l'indispensabile. Quegli zaini, a volte, mi erano sembrati i contenitori delle nostre vite, con dentro le sedimentazioni del tempo.

Nei boschi facevamo lezioni pratiche di botanica, orientamento, climatologia, scienze forestali e studio delle tracce. Il docente, naturalmente, era Martino, e io un allievo piuttosto indolente che spesso non sapeva rispondere chiaramente alle sue domande improvvise.

«Potresti fare di più ma non ti applichi, sei un incostante. Tu preferisci guardare le nuvole. Senza capire che le nuvole, secondo la direzione e la forma che prendono, possono essere molto pericolose», mi rimproverava Martino. Non capivo mai se era serio o ironico, contrariamente a quanto avevano ripetuto i medici. Ma proprio perché la sindrome di Asperger aveva ancora numerosi meandri da esplorare, non dovevano avere ragione per forza.

“Potresti fare di più, sei un incostante…”. L’aveva sentito spesso a scuola, una di quelle frasette che le prime volte doveva essergli sembrata poco comprensibile; i ragazzi come lui preferiscono parole chiare, su cui non c’è niente da elaborare. Non era mai stato però affare suo; il giovane mungitore-scultore-astronomo se l’era sempre cavata in grande stile. Merito pure delle capacità degli insegnanti che non si esprimevano per metafore, ma con termini facili. Così Martino aveva potuto registrarli nella sua memoria e ripescarli nei momenti in cui gli servivano.

In tutti c’era stato impegno. Anche in me stesso. Parlare e scrivere con molta semplicità, in modo da farsi capire dal maggior numero di persone, era molto difficile e richiedeva esercizi quotidiani che io avevo sempre cercato di svolgere con diligenza per rendere migliore, più utile, il mio lavoro. Era anche un fatto pratico: non volevo fare l’intellettuale, volevo fare “il divulgatore”, se proprio qualcuno avesse voluto chiedermi una definizione. Dunque, più i testi che scrivevo erano semplici, oltre che utili e stuzzicanti, più gente comprava i miei libretti. Ed erano questi che, alla chiusura del cerchio, ci permettevano di pagare il cibo e il gasolio, altri libri, le bollette, gli attrezzi per la casa, le piccole manutenzioni, il vino buono, un maglione caldo e, perché no, qualche piccolo sfizio da pochi euro. O un viaggetto che ogni tanto ci concedevamo, perché volevo che Martino vedesse comunque altri luoghi, montagne e paesaggi differenti, piazze, strade e case diverse. E anche persone nuove. A lui piaceva andare, ma soprattutto ritornare. Dopo ogni assenza, appena sceso dalla macchina, adempiva un rituale che lui stesso si era inventato: correre verso il bosco sopra casa fino a una piccola radura, allargare le braccia e dire a voce alta agli alberi, agli animali e alle montagne: «Ehi, sono qua, sono tornato, mica sono stato via tanto».

I nostri viaggi li facevamo per lo più in autunno, quando le nuvole basse decidevano di soggiornare sopra la nostra casa e di restarci a lungo. Per giorni, e a ogni ora, dalle finestre vedevamo sempre lo stesso paesaggio fluttuante: i contorni degli alberi a ridosso del prato che apparivano e sparivano nei vapori grigiastri. Nient'altro. Nell'ottobre del primo anno di permanenza in montagna, dopo solo poche settimane di scuola, avevamo avuto un doppio colpo di fortuna: una telefonata di Nina, da qualche giorno a Parigi per prendere parte a un ennesimo stage, e un messaggio della preside Ramelli in cui mi segnalava che l'Istituto Des Ambrois sarebbe rimasto chiuso tre giorni, per celebrare i santi e onorare i defunti.

Così una mattina eravamo saliti molto presto in macchina, avevamo oltrepassato il traforo del Frejus e all'una e mezza precise ci eravamo seduti a un tavolo laccato di rosso sulla terrazza di Le Petit Célestin, un bistrot anni Sessanta affacciato sull'Île Saint-Louis, i cui palazzi nobili si intravedevano oltre gli alberi sul lungo Senna.

«Siamo nel quarto arrondissement», aveva precisato Martino una volta arrivati. Tutto qui il suo commento.

Non aveva per niente gradito l'idea di non poter andare in stalla per qualche tempo e nemmeno la sveglia prima dell'alba ma, come al suo solito, s'era poi sdraiato sul sedile posteriore della macchina e aveva dormito per quattro ore filate. Al risveglio, aveva acceso l'iPad per seguire silenziosamente sulla mappa satellitare il resto del viaggio, fissando quel puntino azzurro che eravamo noi, in lento movimento lungo la A6, l'autostrada da Lione a Parigi.

In compenso s'era tirato su il morale alla vista di Nina, in splendida forma, allegra e ciarliera, e soprattutto alla vista del regalo che lei gli aveva portato: un libro, fitto di disegni, planimetrie e fotografie, di due architetti francesi che s'erano specializzati nella costruzione delle case sugli alberi. Aveva poi mostrato molta attenzione ai racconti di Nina, che ci aveva spiegato, entrando nei dettagli come se niente fosse, come la nostra *assiette de charcuterie*, le crocchette di patate, l'omelette ai funghi e formaggio potessero assomigliare ai nostri organi. Nina, infatti, era a Parigi per partecipare a una serie di dissezioni, imparando a separare, con bisturi e seghetti, le diverse parti anatomiche del corpo umano, organi interni compresi. Un'esperienza che riteneva "assolutamente necessaria" per migliorare il suo lavoro di osteopata, perché un conto era stato studiare come siamo fatti *dentro* guardando fotografie e palpando muscoli, tendini o fegati sintetici; un conto era vederli com'erano realmente, toccare con mano le forme e le consistenze naturali, scoprire le intersezioni di vene e nervi, dove partono e dove finiscono.

Martino non si era minimante scomposto a quei racconti, aveva continuato a divorare salumi e crocchette come se niente fosse. Io avevo smesso di mangiare quando Martino aveva chiesto a Nina che dimensioni reali avesse il cuore, come fosse fatto un rene e di che colore fosse il grasso. A quest'ultima domanda, lei, presa dall'entusiasmo, aveva indicato la mia omelette ripiena. «Di quel colore lì». Avevo dovuto chiudere il pranzo con un *digestif* all'anice per togliermi i sapori strani che, seppure irreali, sentivo in bocca.

Poi avevamo fatto due passi fino all'Hôtel Particulier, al numero 15 di rue Cremieux. Nina aveva potuto sistemarsi nella foresteria dell'Istituto di Medicina Legale, sede del suo macabro corso, ma a noi aveva prenotato un posto perfetto. L'hotel aveva poche stanze ed era in una via di case basse, dalle facciate colorate, allineate in una via pedonale. Martino non avrebbe dunque sofferto dei rumori di una città che non si ferma neanche di notte. Poi c'era la metro a due passi, così avremmo potuto lasciare la macchina in un garage e muoverci più facilmente. E dall'albergo, attraversando il Ponte di Austerlitz, saremmo potuti arrivare a piedi al Muséum National d'Histoire Naturelle, altro vanto della *grandeur* francese, circondato dal Jardin des Plantes. C'era una serra riservata interamente alle piante alpine. Insomma, Martino avrebbe avuto di che passare il tempo senza annoiarsi. E così era stato. Per quei piccoli tour era andato con Nina, mentre io ne avevo approfittato per gironzolare tra librerie antiquarie, alla ricerca di rarità, curiosità, ispirazioni. L'unica volta che Martino era venuto con me s'era scocciato a morte. Un tardo pomeriggio lo avevo portato alla Tour Eiffel e m'era sembrata una cosa, se non geniale, almeno doverosa. Su di lui non aveva avuto nessun impatto.

«Grandiosa, vero?».

Era rimasto lì a fissarla per qualche secondo.

«Solo ferro», si era poi limitato a dire.

«Ferro, certo, migliaia di pezzi, ma pensa che lavoro per metterli insieme, per dargli questa forma. Nel 1887 mica avevano le attrezzature di adesso. Saliamo in cima?».

«Per fare che?».

«Per vederla da dentro, come fa Nina con i suoi morticini. Poi per guardare il panorama. Si vede tutta Parigi».

«Non mi va. Da lassù si vedranno solo i tetti delle case. Non mi interessano i tetti e i palazzi della città. E poi fra un'ora Nina finisce e mi porta all'acquario, che è qui vicino. Qui siamo nel settimo arrondissement».

«Ah sì? E dove ci si incontra?».

«Davanti all'acquario, che è di là», aveva detto indicando in direzione della Senna.

Così ci eravamo incamminati, lui davanti, come se conoscesse la strada, e io due passi indietro. Lungo il tragitto s'era fermato solo una volta a guardare un mimo che, in bilico sulla spalliera che attraversava il fiume, si stava esibendo in una danza silenziosa. Prima di arrivare all'ingresso dei giardini del Trocadéro, dove c'era l'acquario, ero riuscito comunque a destare finalmente la sua attenzione. Sotto un albero, appena superato il ponte, c'era la bancarella di un tale che restaurava cornici. Aveva una pila di listelle di legno, bordi vecchi di varie forme e fregi e due cassette piene di piccoli attrezzi per lavorare il legno. A Martino s'erano illuminati gli occhi e aveva cominciato a chiedere con insistenza come si chiamassero e a cosa servissero quegli strumenti a lui sconosciuti. L'uomo, ossuto e con una lunga barba incolta che ne nascondeva la fisionomia e l'età, si era limitato ad annuire e a sorridergli, continuando a passare con energia un foglio di carta vetrata su una tavoletta, sollevando sbuffi di pulviscoli dorati, attraverso i quali avevamo visto arrivare Nina.

Martino le era andato incontro affrettando il passo, mentre io ero rimasto immobile a guardare due equipaggi che remavano controcorrente sull'acqua scura del fiume.

«Tu che fai, non vieni? Ho prenotato nel ristorante che si affaccia sulla vasca degli squali».

Martino era visibilmente eccitato, si sistemava in continuazione il ciuffo anche se quello se ne stava impomatato al suo posto.

«No, andate voi. Mi è venuta voglia di camminare un po'. Ci vediamo poi in albergo, così ci salutiamo per bene. Vorrei viaggiare stanotte con tutta calma, e domattina essere a casa; tanto Martino in macchina si appallottola e ronfa come una marmotta e domani avrà la giornata davanti per riprendersi un po', prima di tornare a scuola».

Non avevo, in realtà, tutta quella fretta, ma anche Nina sarebbe partita il giorno dopo, come al solito di corsa verso l'aeroporto, subito dopo l'ultima lezione, e preferivo immaginarla ancora per le vie di Parigi piuttosto che vederla salire su un aereo per andare in un posto lontano.

Ero comunque rimasto in zona e avevo girovagato per oltre un'ora. Poi ero andato da Mazeh, un ristorante iraniano. C'ero già stato almeno un paio di volte con Chiara, molti anni addietro, prima che Nina nascesse. Lei amava Parigi, specie in primavera, quando fiorivano i tigli, e le case ricavate dai barconi ormeggiati sulla Senna e le cucine orientali. E amava anche me. Mi ero seduto a un tavolo lungo la vetrata e avevo cenato osservando la gente passare sulla strada. Chiedendomi se fosse felice.

Un'altra volta eravamo andati in macchina a Grenoble, un centinaio di chilometri da casa; un confine da oltrepassare, un paio di passi da superare, borghi dai tetti di lamiera da attraversare e poi giù, per strade contorte, fino alla valle del fiume Isère, da risalire verso nord fino alla grande metropoli alpina. Al mercato contadino che si teneva ogni fine settimana in una piazzetta del centro storico avevamo acquistato un sacco di noci fresche, ancora amarognole per la pellicina verde che ne ricopriva il gheriglio. Avevamo poi mangiato in un bistrot, a un tavolo ancora all'aperto, sotto un gelso. Avevamo buttato sguardi curiosi in qualche negozio di articoli sportivi e in un paio di ferramenta, e ci eravamo inerpicati fino alla Bastiglia, per vedere la città dall'alto, i paesi sui colli e, alle loro spalle, già imbastite dalla neve, le creste alte in lunga processione fino al versante nord del Monte Bianco.

Seduti sul parapetto dei vecchi bastioni ci eravamo messi a mangiare le noci, spaccandole tra due pietre, e a vedere il tramonto inondare i palazzi e le vie sottostanti, in un mutismo ormai complice, visto che nessuno si lagnava dei rispettivi silenzi. I nostri pensieri se ne andavano per i fatti loro. Chissà se avevano punti convergenti o se qualche volta si sfioravano. In effetti «a cosa stai pensando?» glielo avevo chiesto pochissime volte, ricevendo risposte lapidarie o sguardi smarriti. Martino, nella sua muta tranquillità, sembrava guardare altrove, oltre le cose. Chissà cosa aveva in mente, che vedeva, e se c'era qualcuno accanto a lui.

Poi, all'improvviso: «Leo, ma ti dispiace se un giorno me ne vado?».

«Be', penso di sì. Dipende però dove andrai e a fare che. Nina, per esempio, è lontana, ma fa cose belle e importanti per gli altri e per se stessa. Perciò mi dispiace meno, anzi, sono contento. Poi, che i ragazzi vadano via succede sempre. A tutti. Anche io me ne sono andato via molto presto; per lavoro sono stato in giro per il mondo per anni e i miei genitori non li ho visti più molto».

«Perché? Perché non li hai visti?».

«Non lo so. Forse perché abitavamo in città lontane. Adesso mi dispiace, a volte ci penso; bastava prendere un treno ogni tanto. Se i giornali mi mandavano a fare un lavoro nella foresta dell'Amazzonia, *zac*, ero pronto a partire in venti secondi. Ma mi faceva fatica prendere un treno per Roma...».

«Sei stato un po' stronzetto».

«Grazie del complimento. Comunque sì, lo sono stato».

«Ma bisogna separarsi per forza, quando si cresce?».

«No, anche se, come ti ho appena detto, in genere funziona così. Le famiglie si formano, poi si disperdono e ne nascono altre. Una moltiplicazione. Poi ci si vede, ci si sente, ci si frequenta... Ma non si sta sempre insieme, in genere. Quando andiamo per boschi a cercare animali è difficile che vediamo grossi branchi di cervi adulti, tane piene di vecchie marmotte come fossero in un condominio, famiglie numerose di volpi. Ne vediamo gruppetti solo quando ci sono i piccoli, poi basta. Al massimo ne scoviamo due, tre, spesso uno solo. Anche con le persone va in questo modo».

Mi ero interrotto, gli avevo allacciato la giacca a vento; un gesto premuroso, non perché non ne fosse capace. Tra i bastioni, l'aria gelida che al tramonto le montagne rovesciavano sulla città aveva cominciato a incanalarsi e a correre veloce.

Poi avevo ripreso: «Senti qua: "I ragazzi sono un prestito che gli adulti ricevono per imparare rapidamente a voler bene più agli altri che a se stessi, per provare a dare loro il coraggio per quando se ne andranno e dovranno cavarsela da soli". Una frase così l'ha detta uno scrittore che ho conosciuto tanti anni fa. Poi gli adulti tornano a essere soli, aggiungo io; perché, se tiriamo le somme, proprio questo succede. Per quasi tutti».

«Però Daniele e suo padre Augusto stanno ancora insieme...».

«Che ti ho appena detto? Per *quasi* tutti», avevo replicato ridendo, calcando il tono su quel "quasi". «Sono fortunati», avevo sottolineato dopo un attimo di pausa.

«Però non è che vanno sempre d'accordo».

«E che vuol dire? Anche io e te non andiamo sempre d'accordo, anche se non ci è ancora mai capitato di litigare seriamente. Però andiamo avanti bene, perché ci diciamo le cose, ci aiutiamo. O no?».

Lui non aveva risposto subito. Aveva chinato la testa e fatto un bel sorriso, uno di quelli da ricordare. Poi s'era messo a fissare le luci sempre più vivide della città, sporgendosi in avanti sempre di più, verso il vuoto.

«Ehi, non andare troppo oltre. È pericoloso», avevo detto afferrandolo d'istinto per una manica.

Lui non ci aveva fatto caso. «Mi piace. Il pericolo mi fa bene».

«Eh sì, certo».

«Mi fa venire i brividi al cuore e alla testa».

Un centimetro alla volta, come una lumaca in esplorazione, gli ero andato incontro, spalla contro spalla. Come quella volta con Chiara. Avrei voluto abbracciarlo, alzare la mano e poi il braccio e passargliela lentamente dietro la nuca e poi sul dorso e infine afferrargli piano la spalla e stringerlo. Ci sono cose che per averle basterebbe semplicemente avvicinarsi, allungare una mano. Ma a me, sempre pronto a salire su una cima himalayana, molte volte il coraggio di fare quel piccolo, essenziale gesto era mancato. In qualche caso anche nei confronti di Chiara o Nina; figuriamoci se potevo averlo con Martino, con la prospettiva che un abbraccio lo avrebbe perfino immusonito.

«A cosa stai pensando?», mi aveva chiesto, proprio quando il mio pensiero stava per essere archiviato nel cassetto della rassegnazione.

«Al fatto che mi piacerebbe abbracciarti». Ero stato sorpreso dalla mia sincerità. «Non lo faccio solo per non darti noia», avevo aggiunto cercando di ostentare indifferenza.

Lui non aveva risposto, rimanendo con le labbra serrate per un po'. Poi mi si era premuto contro, puntando la testa sotto la mia ascella e cominciando a dare piccoli colpi. Un pulcino che vuole uscire dall'uovo, vedere finalmente al di là delle membrane lattiginose che avvolgono l'interno del guscio. Finché era sbucato dall'altra parte, appoggiando la guancia contro il mio petto.

Lo avevo fissato.

«Mi sono abbracciato da solo», aveva detto con l'espressione buffa delle occasioni insolite.

Eravamo rimasti così, senza parlare. Mi ero messo a osservare le piccole onde, là dove il fiume Drac confluisce nell'Isère. Erano argentate dalla luce dei lampioni.

«Ne faccio di casini, vero?», aveva detto, staccandosi di colpo.

«Tu? Figuriamoci, sei il ragazzo più tranquillo del mondo. Il figlio che tutti vorrebbero avere», avevo risposto dandogli una piccola spallata, per coprire un'improvvisa emozione che mi era salita in gola.

«Anche tu sei bravo, non sei noioso come i padri dei miei compagni».

«Tu che ne sai?».

«Me lo raccontano».

«Meglio, così la situazione è equilibrata. La famiglia funziona se c'è equilibrio».

«Ma noi siamo una famiglia? Anche con Nina? Anche se non c'è?». Un'altra delle sue domande spiazzanti.

«Certo. La famiglia è quell'insieme di persone con cui uno vive una parte del tempo migliore della propria vita. Io la penso così».

«Ah. Ed è compreso anche Augusto?».

«Sì, Augusto è un buon amico, uno della nostra squadra. La famiglia, la nostra almeno, tiene sempre le porte aperte e la stufa accesa per un caffè caldo, accoglie tutti coloro che si vogliono bene e si aiutano o vogliono solo riposarsi per un po'. È come un piccolo rifugio fuorimano, un posto sicuro anche per chi qualche volta decide di andare via e poi ritornare».

«È una bella cosa. Anche se strana».

«Ma tutto è strano, se ci pensi bene. Anche noi due. E Nina. Però adesso ci va bene in questo modo. O no? Siamo così e ci piace quel che facciamo, anche se all'inizio sembrava tutto un po' da matti».

Mi aveva guardato con un'espressione corrucciata.

«Scommetto che stai pensando "questo Leo non è sano di mente"», gli avevo detto ridacchiando, appoggiandogli piano la mano sul braccio senza fare pressione. Nel frattempo avevo visto un bagliore su una vallata di fronte, forse un fuoco o un faro acceso e spento. Istintivamente avevo puntato il binocolo, anche se era già quasi buio.

«"La sanità mentale è un'imperfezione". Lo ha scritto Charles Bukolowski». Mi aveva di nuovo sorpreso.

«Bukowski, si chiama così. Non sapevo che lo conoscessi».

«Non lo conosco per niente. Ho letto la frase in un suo libro che sta nella tua camera».

«Sai cos'altro ha scritto questo Bukowski che a me piace e che sembra essere adatto a noi? "Avrei potuto anche accontentarmi, ma è così che si diventa infelici". Sarebbe finita così se fossimo rimasti a Milano... Ma tu da quand'è che frequenti la mia camera?».

«Quando stai via per un po' mi sdraio sul tuo letto e leggo qualche pagina dei tuoi libri. Mi piace stare lì. È caldo, comodo, c'è sempre una bella luce e non vorrei essere da nessun'altra parte... Ma che fai, piangi?».

«Piango? Figurati. È questo accidenti di binocolo che

mi ha fatto lacrimare gli occhi. Alé, dai, scendiamo che è buio. Mangiamo una pizza e si va a casa».

Per provare a sgarbugliare i miei pensieri avevo consumato tutta la concentrazione necessaria per guidare nella notte sulle strade di montagna. Il rientro era stato lungo e lento. Ma alla fine mi era piaciuto andare piano e seguire la luna piena che era apparsa e scomparsa più volte dietro le creste, come avesse voluto saltellare da una vallata all'altra. Martino, sdraiato sui sedili posteriori, dormiva da un pezzo. Quieto, con i lineamenti, di solito severi, rilassati.

Anche nelle sere più fredde dell'inverno ci piaceva stare fuori, sulla veranda o lì intorno. Ci imbacuccavamo come eschimesi e restavamo a guardare le stelle e le lucine mobili degli aerei e dei satelliti; oppure, se era caduta la neve, cercavamo le impronte degli animali ai quali Martino era subito capace di dare il giusto nome. Quando c'era la luna piena e la neve era alta ed era difficile camminare, facevamo un altro gioco. Mettevamo dei pezzi di pane vecchio su un'asse di legno poggiata sul prato, appena fuori dal mio studio, ce ne stavamo dentro a luci spente, per non essere visti, seduti in poltrona davanti alla grande finestra, e scommettevamo su quale animale del bosco sarebbe arrivato per primo ad accaparrarsi il cibo.

Lì da noi bastava lasciare fuori qualsiasi cosa che fosse commestibile e di regola spariva in poco tempo; il più assiduo frequentatore notturno del nostro pratone era un solitario tasso dalla faccia a strisce bianco-nere che aveva scavato la tana sotto la legnaia; ma lui era di casa, quindi non ne tenevamo conto per la classifica. Poi però passavano volpi, lepri, caprioli, gazze, topi minuscoli.

«Si chiamano arvicole», mi aveva corretto una volta

Martino e io avevo cominciato a chiamarlo "Pierino Angelino", anche perché di puntate di *Superquark* non se ne perdeva una. In un paio di occasioni avevamo intravisto di sfuggita anche una velocissima martora e scoperto le inequivocabili impronte di un cervo. Venivano senza farsi vedere molto, toccata e fuga. Così avevamo inventato la variante "adesso ti freghiamo noi" e mettevamo fuori le cose più prelibate da mangiare, di solito i nostri piccoli avanzi della cena, quando per gli animali trovare il cibo non era facile, proprio perché c'era la neve. Se trovavano il cibo per tre o quattro volte sempre nello stesso posto, quel posto diventava un luogo di appuntamento.

«Una tecnica antica come il mondo, la usano i cacciatori e i pescatori dall'Età della pietra», ci aveva smontato una volta Augusto al quale avevamo confidato con entusiasmo le nostre congetture. «Mettete fuori del sale grosso piuttosto, mica gli avanzi dello spezzatino, che gli fa male».

Noi seduti al buio, il prato davanti e i larici appena sullo sfondo; era come stare al cinema. La luna piena poi rendeva tutto più spettacolare, si vedeva benissimo, meglio che di giorno, quando la neve abbagliava. Con quella luce decisa e schermata, il prato innevato era bianco senza riflessi, le ombre lunghe degli alberi nitide, le montagne, su cui sembravano cercare sostegno le costellazioni, ben profilate e nette. Stavamo lì in silenzio assoluto, due spettatori molto attenti, e quando un'ombra qualsiasi, magari solo di una piccola nuvola ritardataria, sembrava spuntare sul prato, ci davamo freneticamente di gomito. «Arriva, arriva...».

In una sera così, mentre aspettavamo, mi aveva fatto la domanda. Senza preamboli.

«Mi racconti la storia?».

«Di chi?».

«La tua, la mia».

Era come se un cervo maschio fosse entrato in quel momento al galoppo e m'avesse dato una cornata allo stomaco. Avevo sempre sperato, in quegli anni, che questa domanda me la facesse il più tardi possibile, e in quella serata di quiete non ero preparato. Ma forse non lo sarei stato mai.

«Che versione vuoi?», avevo detto dopo un po', continuando a guardare dritto fuori, anche se gli animali non mi interessavano più.

«Quella vera».

«Vera, certo, ma intendevo: una versione lunga o corta? Non dirmi che Nina non ti ha mai raccontato niente».

«Ogni tanto mi dice che sua madre le manca e che io... le sarei piaciuto molto».

«Sì, decisamente sì», mi ero limitato a confermare.

«Ma come è morta?».

«Un'arteria che porta il sangue al cervello si è rotta e ha creato subito altre gravi complicazioni. Può succedere, ma di solito non in maniera così grave». Avevo cercato di spiegarlo in due frasi chiare e soprattutto brevi. Non volevo ritornare a quei giorni.

Martino aveva insistito: «E tu cosa hai fatto?».

«Niente. Non c'ero. Ero lontano, per un lavoro. E per fortuna non c'era nemmeno Nina». Lungo il collo mi erano venuti dei brividi più gelidi di quella notte stellata.

«Sì, me l'ha detto. Mi ha anche raccontato che sua mamma non se ne è proprio accorta, di morire...».

«Il medico ha detto così, ma magari era solo per incoraggiarci. È stato molto gentile; ha anche detto che nemmeno io me ne sarei accorto se fossi stato lì, e che comunque non avrei potuto fare niente per aiutarla. Forse era solo per fare in modo che io non mi sentissi troppo in colpa. Hai capito cosa voglio dire?».

«Sì, sì... E Nina?», aveva poi chiesto.

«Nina l'ha saputo prima di me. Per fortuna la mamma della sua amica è un medico che cura i bambini, le aveva dato dei calmanti, delle medicine per farla dormire. Così avevo avuto il tempo di arrivare e fare qualcosa. Almeno con lei».

«Cosa?».

«Starle vicino al risveglio, abbracciarla, consolarla. Non c'era molto altro da fare. Ma quegli abbracci sono serviti molto anche a me. Ti ricordi quella sera a Grenoble quando ti sei infilato con la testa sotto la mia ascella e hai detto "mi sono abbracciato da solo"?».

Aveva annuito.

«Be', è stata una delle cose più belle della mia vita».

Aveva avuto come una piccola scossa, aveva strizzato gli occhi due o tre volte e aperto le labbra come per dire qualcosa. Ma non aveva detto niente, si era limitato a deglutire, abbassando poi lo sguardo.

«Ti dispiace se l'ho detto?».

Si era limitato a fare un movimento con le spalle, come a volersi scrollare qualcosa di dosso. Poi mi aveva guardato, imbarazzato ma con un piccolo sorriso. Subito sparito.

«E tu lo sai come è morto mio padre?», mi aveva chiesto all'improvviso.

«No», avevo mentito: «quando sei arrivato da noi eri già grande e di quello che era successo prima non mi sono mai interessato. Del resto le suore dell'orfanotrofio o quelli del Tribunale per i minorenni non potevano raccontare le tue cose private in giro, ci sono delle regole e...».

«Io lo so come è morto», mi aveva interrotto, lasciandomi di stucco.

«Lo sai? E come lo sai?», avevo chiesto alterando involontariamente la voce.

«Con Internet, facile. Non ho un cognome comune. È bastato scrivere "Rochard" su Google, scorrere un po' e scoprire da vecchi articoli di giornale le cose che so».

«E che sai?». Mi ero messo a sudare come se avessi fatto una corsa forsennata fin sulla cima di oltre tremila metri di fronte casa. Il non riuscire a guardarci bene in faccia mi aveva dato un piccolo sollievo.

«Che si è impiccato».

«Forse sarà stato un incidente...», avevo cercato di minimizzare senza saper trovare altre argomentazioni.

Aveva alzato le spalle e s'era sistemato meglio un cuscino dietro la schiena.

«Secondo te arriva prima una volpe o uno scoiattolo?», aveva domandato.

«La volpe. Lo scoiattolo a quest'ora è con la testa sul cuscino».

«Se oggi è riuscito a mangiare...».

«Sugli alberi qualcosa si trova sempre. Sono quelli che non si arrampicano che hanno maggiori difficoltà... ma tu quelle cose su tuo padre quando le hai scoperte?».

«Un po' di tempo fa», aveva detto scuotendo la testa, infastidito.

«Un po' quanto?».

«Un po', non mi ricordo. Quando siamo arrivati qui».

«E in tutto questo tempo non ti è mai venuto in mente di dirmi niente? Non sei più un bambino, sei un adolescente, potevi parlare, potevi chiedere». Avevo cominciato a perdere il controllo.

«Ma che t'importa?», mi aveva detto con una pacatezza disarmante, senza girarsi a guardarmi in faccia. «Non ci credo che tu non ti eri interessato. Tu sapevi come sono andate le cose e non me le hai mai spiegate. In tutto questo tempo non mi hai detto una sola parola, nemmeno su Chiara. Ci sono le sue foto in giro, le vedo da tutte le parti...».

«Ognuno ha i suoi angoli nascosti che non vuole far conoscere agli altri. Va bene?». Mi ero alzato di scatto, come per un istinto nervoso, forse perché non sapevo più sostenere la conversazione. Al buio avevo preso una bottiglia a caso, da una delle mensole accanto alla grande scrivania, e mi ero riempito mezzo bicchiere.

«Vuoi qualcosa?», avevo detto per cercare di riannodare il filo.

«No. Grazie. Sì... voglio che mi dici una cosa: tu Chiara la pensi ogni tanto?».

«Certo, sì... è normale. Ma non decido proprio io di pensarla, è lei che arriva all'improvviso».

«E ti dice anche qualche cosa?».

«Sì», avevo risposto. «Mi rimprovera di prendermi poca cura di te. Dice che dovremmo fare più cose insieme, noi due. Poi si arrabbia e mi ricorda che quando ero partito per Bruxelles, tre giorni prima che lei morisse, non l'avevo nemmeno salutata con un bacio o un abbraccio...».

«Davvero?».

«Be', a casa nostra ogni giorno era un continuo andare e venire, un entrare e uscire, sempre di fretta. A forza di fare così si era un po' persa l'abitudine di salutare sempre. Magari sentivi "io vado", oppure "torno tra un'ora", o "dove hai parcheggiato la macchina?" mentre eri in cucina o in un'altra stanza o al computer, poi sentivi la porta chiudersi e non avevi avuto tempo di dire nemmeno "ciao". Quel giorno è andata così. Ero dovuto andare via di fretta. Non averla salutata come si deve ancora mi fa stare male, ogni tanto. Se vuoi un consiglio: saluta sempre le persone alle quali vuoi bene, anche se vai via per tornare presto».

Non aveva replicato e s'era messo a fissare di nuovo il prato innevato oltre la finestra.

«Scommettiamo cinque euro che stasera non arriva nessuno?».

Questi accidenti di animali, avevo pensato, non potevamo andarcene a letto prima, invece di metterci qui come due deficienti? Ma era solo perché la conversazione mi stava sovrastando.

«Scommettiamo che sì, invece», avevo detto, risedendomi con il bicchierone in mano. Dal profumo era grappa di genziana. Avevo dato una sorsata decisa e fatto la domanda.

«Posso chiederti una cosa? Ma visto che hai fatto ricerche su tuo padre... di tua madre hai mai trovato niente?».

«No», aveva risposto senza esitazioni. «Non so neanche come si chiama. Dev'essere morta anche lei».

«Ma no, che morta! Magari è solo sparita, finita in un paese lontano. Pensa se un giorno tornasse…». Forse avevo esagerato.

«È morta pure lei…», aveva ripetuto senza emozione, sistemandosi il ciuffo a penzoloni, «sennò non sarei finito all'istituto delle suore».

«Va bene, se credi che sia andata così…». Altre due sorsate abbondanti di grappa senza staccare le labbra dal bordo del bicchiere. «Ma la pensi mai? Immagini mai come potrebbe essere fatta? Non ti manca?».

«No».

«Non ci credo».

«No, non la immagino e non mi manca. Non può mancarti una cosa che non hai mai avuto o che non ti serve proprio. Lo dice anche Augusto».

«Sì, ma magari lui allude a una mungitrice o a una trivella per fare i buchi nell'orto. Io dico un'altra cosa».

«Ho capito, sì, sì, non sono stupido. Ma io sto bene così, non mi serve niente di quelle cose lì».

«Ma a scuola, per esempio, c'è qualcuno che parla di sua madre o chiede della tua?».

«Il mio compagno Marco ne parla, qualche volta, ma perché la odia. Gli altri ridono».

«E tu?».

Mi aveva risposto facendo segno di no con la testa, come per liberarsi della risposta.

«Io guardo fuori dalla finestra; non mi interessano le cose che dicono sui genitori».

«Va bene, dai, comunque la storia è andata così.

Adesso siamo tu, Nina e io, e questa è la cosa che conta... Poi mettici Augusto, Daniele, sua moglie, i tuoi professori, i compagni, i tuoi amici... Il passato è roba vecchia, al massimo ne rimane qualcosa in soffitta». Avevo detto così, e in buona parte lo pensavo davvero. «Perciò direi di andare a dormire... domani si ricomincia».

Era rimasto immobile, come se non mi avesse sentito.

«Ma tu, quando hai saputo che Chiara era morta, cos'hai detto?».

«Non scherzi stasera con le domande, eh? Vuoi proprio saperlo? Non ho detto niente. Sono rimasto muto. La lingua mi era diventata all'improvviso come una foglia secca, la bocca come un buco tra le rocce pieno di terra e aghi di pino, dove non ci andrebbero nemmeno le formiche. Non sono riuscito a dire una parola per giorni, avevo un dolore allo stomaco che non mi faceva stare in piedi. E la testa leggera, perché vuota; come se il cranio e il cervello fossero stati tolti e buttati via. Sono andato avanti così per un bel po' di tempo».

«E poi?».

«Poi qualcuno mi ha salvato».

Aveva girato la testa verso di me, lentamente ma con aria decisamente interrogativa.

«Sì», avevo ripreso. «Nina».

«Nina? E che ha fatto?».

«Niente di particolare. C'era. Era lì, e questo bastava. Lei allora era una ragazzina, ma già sveglia e indipendente. Come te. Un giorno mentre ero seduto in cucina fissando la tazzina vuota del caffè, mi è passata davanti e si è messa a ridere. "A forza di fare quella faccia ti sono venuti gli occhi a palla, sembri un rospo.

Non mi piace avere un padre rospo". Così mi ha detto. Io mi sono arrabbiato: ma come, sua madre è morta da poco e questa ride! Ma sono state proprio quella risata e quella frase a scuotermi, a tirarmi fuori da una specie di dormiveglia; sai, quando stai con gli occhi spalancati e quasi contemporaneamente dormi e non ti rendi conto di dove sei…».

«Sì, mi capita. A volte».

«Ecco. Nina era diventata il salvagente a cui attaccarmi per non affogare. Semplicemente perché lei c'era e io dovevo occuparmene. Così, un po' alla volta, con il suo aiuto…».

«Con il suo aiuto in che modo?».

«Per seguirla e prendermi cura di lei mi sono dovuto risvegliare e ricominciare a fare le cose normali. Non c'era un altro metodo. Chi aveva suggerito "serve lo psicologo", chi aveva detto "prenditi una vacanza", oppure "buttati nel lavoro"… Niente, tutte fesserie. Bisogna riprendere a fare le cose di tutti i giorni. Anche se all'inizio non è facile. Ma poi, col tempo, lentamente si riesce a superare tutto. Ma se va avanti così, questa notte non la supero di sicuro… Si va a letto? Comincio ad avere anche freddo…».

«Alt», aveva detto alzando una mano come un vigile urbano.

«Alt che?».

«Devi pagare cinque euro. Non è venuto nessun animale».

«Sei sicuro? Magari eravamo distratti».

C'eravamo alzati insieme per andare a guardare il prato, la faccia premuta contro il vetro e le mani ai lati degli occhi. Il cibo era ancora tutto lì, allineato sull'asse di legno; avevo perso.

Mentre eravamo intenti a scrutare, il prato aveva iniziato ad annerirsi rapidamente, come se da un angolo fuori dalla nostra visuale qualcuno gli stesse rovesciando sopra una cisterna di inchiostro. Erano arrivati in silenzio dei nuvoloni gonfi, con l'aria di cercare un posto dove passare la notte. Sembrava l'avessero trovato sopra di noi, perché di colpo la luna e le stelle erano scomparse e aveva preso a nevicare. Subito con intensità. Come a voler nascondere in fretta i ricordi di giorni ormai lontani.

Erano passati mesi e stagioni e me n'ero accorto non tanto dalle striature argentate più evidenti sui miei capelli, ma dal fatto che io e Martino eravamo diventati persone migliori. Così, almeno, m'era sembrato. Più forti, più sani. Lui, per esempio, era cresciuto di una spanna, aveva allargato le spalle e il petto e disegnato una bella faccia, meno tesa pur se con la sua intatta austerità, sotto la capigliatura folta color catrame, col ciuffo cadente che si sistemava in continuazione con un tocco rapido di polpastrelli. Io ero diventato meno bolso, più asciutto e un po' più atletico.

Ma a parte l'aspetto fisico, eravamo più determinati, consapevoli ormai di potercela cavare da soli e senza particolare affanno. Questo ci aveva resi più disponibili verso gli altri. Per esempio, con la gente del posto, che prima liquidavamo con un frettoloso cenno di saluto, chiacchieravamo più a lungo, e Martino regalava qualche sorriso inaspettato, qualche frase in più, chiusa spesso dal quel suo «sì, sì» di conferma, una piccola ossessione diventata un vezzo. Insomma, il mondo degli altri, al di sotto del nostro piccolo altopiano, non era poi così ostile.

Non so però come sarebbe potuta andare se non ci fosse stato Augusto.

Aveva insegnato a Martino a individuare le bestie dalle tracce e gli uomini dai particolari, a sentire e assecondare la terra, a scegliere le cose secondo la loro utilità. E a non sottrarsi a quel suo istinto misterioso da giovane animale selvatico, la caratteristica di Martino che ad Augusto era sempre piaciuta.

«In montagna l'esperienza non ti fa finire nei guai, ma se ci finisci è soprattutto con l'istinto che ti salvi la vita», gli aveva detto l'anziano montanaro.

Il mio ragazzo da qualche tempo aveva iniziato a prendere confidenza anche con i rumori forti, che da piccolo gli erano stati sempre insopportabili. Ma non tutti i rumori, solo quelli che selezionava lui. Così, senza un motivo, o per un motivo che io non sapevo comprendere. Un giorno, per esempio, s'era messo ad ascoltare le percussioni primitive dei *taiko*, i tamburi sacri giapponesi, quelli che suonavano i cerimonieri dei samurai prima di una battaglia. Nella sua stanza chiusa, certe volte, il loro ritmo andava avanti per ore e ore, mentre lui lavorava a intarsiare i suoi legni. A volte si addormentava al loro rombo crescente che sembrava annunciare tempeste.

Un giorno avevo fatto finta di niente e gliel'avevo buttata lì: «Ma come mai questi tamburi?».

«Perché il taiko ha il suono purissimo del cuore; è un suono incoraggiante».

Quell'inverno anche la nostra casa, l'avamposto di frontiera col ponte levatoio quasi sempre sollevato, aveva cominciato a essere più ospitale. Non tanta gente, perché arrivarci non era comodo e la stagione poteva promettere neve, nebbia e gelate in ogni momento.

Martino aveva iniziato a invitare qualche suo compagno di scuola e alcune volte i Bermond venivano a pranzo, perché la sera dovevano occuparsi degli ospiti dell'agriturismo. In un paio d'occasioni era salito anche uno dei pochissimi amici di un tempo con cui avevo mantenuto qualche labile contatto, ma solo perché era uno a cui piaceva molto camminare in montagna e a Milano viveva da solo. Un asociale, come me quando vivevo in quella città. «La solitudine è indipendenza, fredda e silenziosa», diceva citando Hermann Hesse ogni volta che scendeva dalla macchina e rimaneva immobile, per molti minuti, a scrutare il paesaggio intorno.

Avevamo avuto anche dei visitatori occasionali. Un seminarista di Pinerolo dal nome curioso, Vittore, venuto di notte a rubare un abete ai margini del nostro bosco, per farne l'albero di Natale del convitto. Voleva fare una sorpresa ai suoi compagni e invece si era ferito alla mano con la sega. Però aveva avuto la fortuna di vedere la luce ancora accesa nel mio studio, nonostante fosse molto tardi. L'avevo medicato e riaccompagnato alla macchina, sulla statale. Martino s'era svegliato per il piccolo trambusto; l'aspirante prete gli aveva raccontato la disavventura e, invece di un cenno di consolazione, s'era beccato un secco «ti sta bene», e vedendo l'espressione inebetita di Vittore aveva precisato: «Non si tagliano gli alberi per rubarli».

Molto più simpatici erano stati gli altri due ospiti inattesi, passati nel nostro pratone durante una bufera di vento forte durata tre giorni. Dai boschi, per tutto il tempo era risalito un rumore continuo e gorgogliante, simile a quello di grosse onde che si ritirano trascinando dietro i sassi della spiaggia. Qualche larice isolato s'era spezzato e coi binocoli avevamo visto alcuni caprioli andare nervosamente da una radura all'altra, sempre al piccolo trotto, le teste erette ad annusare odori portati da molto lontano. Uccelli e scoiattoli s'erano barricati in qualche buco. Poi avevamo udito un suono differente da quelli che di solito regalava il bosco: un nitrito.

Il verso dell'upupa sembra quello di un telefono occupato, la civetta fa miagolii acuti come un piccolo gatto, il gufo comune quando canta imita il fischio di un treno che sta per arrivare in stazione. Lo avevo imparato dalle lezioni di zoologia applicata al bosco che Martino mi teneva quando ce ne andavamo in giro verso l'ora del tramonto e gli uccelli notturni uscivano dai nidi per lisciarsi le penne, alzare gli occhi alla luna e iniziare la caccia. Comunque, un nitrito vibrante e prolungato, da quelle parti, non lo avevamo mai sentito.

Alle nostre spalle erano sbucati due tizi vestiti come pescatori del Mar Baltico; camminavano lentamente trascinandosi dietro due cavalli con selle e bisacce. Una volta arrivati vicini si erano tolti le cerate e i berretti calcati sugli occhi e avevamo così scoperto una giovane ragazza dai capelli corti e stopposi e un giovanotto allampanato, bianco in faccia come una betulla. In viaggio lungo sentieri alpini, da Ventimiglia a Trieste, sette mesi a disposizione con una lunga sosta invernale che contavano di fare in una scuderia della Valle d'Aosta. Tutto questo ce lo avevano raccontato loro, a tavola. Con quel tempo cattivo sarebbe stato molto difficile proseguire, così li avevamo ospitati. Lei faceva l'infermiera e lui lo chef. Anna e Tiziano, simpatici e gentili. A Martino non era sembrato vero poter accudire i cavalli per quei giorni successivi. Li avevamo sistemati al riparo sotto la tettoia riservata alle macchine. Con dei grossi rami tirati giù dalla tempesta, alcune assi e vecchie coperte, avevamo costruito delle pareti di fortuna, giusto per riparare i due soggetti di razza araba dal vento. Il vento ai cavalli fa gran danno, a lungo andare li rende isterici. Lo sapevo perché, molti anni prima, ne avevo avuto anche io uno, un purosangue scartato dalle corse e destinato al macello. Lo avevo tenuto a pensione in una cascina del Biellese e spesso, nei fine settimana, mi atteggiavo a nobiluomo inglese. Io – vestito di tutto punto –, il proprietario del maneggio di campagna e alcuni suoi amici che aristocratici lo erano davvero, andavamo a saltare fossi e cespugli della *baraggia*, una vasta e ondulata landa ricoperta di felci che era molto meglio della campagna del Devonshire.

Con i sacchi a pelo dei ragazzi sulle groppe setose, il sauro e il grigio non avevano sofferto nemmeno il freddo intenso della notte. Martino li aveva spazzolati, aveva portato loro secchi d'acqua tiepida, gli aveva tolto la terra da sotto i ferri e aveva chiesto ad Augusto qualche balla di fieno delle vacche. Il suo amico gli aveva fatto portare su, da un ragazzo dell'Est che ogni tanto lo aiutava in campagna, erba pressata ancora profumata e un mazzo di carote, rubate probabilmente dalla dispensa dell'agriturismo.

Tiziano, sommerso da mille domande, lo aveva lasciato fare, divertito, ma tenendolo sempre d'occhio. E per ricambiare l'ospitalità si era dato da fare nella nostra cucina. Le sue cene squisite ce le saremmo ricordate per un bel pezzo. Anna invece aveva letto un po', fatto diversi bucati, pulito la cucina e unto il cuoio delle selle e dei finimenti con un grasso profumato che sapeva di cera e miele.

Martino era poi rimasto molto male nel vedere la coppia sellare i cavalli e ripartire. Avevo provato a spiegargli ancora una volta che la gente va e viene per necessità, per dovere, per istinto. L'importante non è il tempo che rimane, ma quello che ci ha lasciato in testa dopo essere andata via.

Poco prima che cadesse la neve avevamo ricevuto una terza visita, di sicuro la più sorprendente. Un pomeriggio, mentre dal finestrone dello studio osservavo le acrobazie aeree di uno stormo di corvi, avevo scorto Martino uscire dal bosco e fermarsi, come a riprendere fiato. Pensavo avesse fatto la salita di corsa. Dopo un paio di minuti, alle sue spalle era sbucato un uomo, con un'andatura lenta, quasi incespicante. Aveva raggiunto Martino e gli aveva poggiato una mano sulla spalla, come a sostenersi.

Lui era rimasto lì fermo. Ero sorpreso. Avevo puntato il binocolo. Quando non lo dimenticavo nello zaino, lo tenevo sempre a portata di mano, accanto alla finestra.

Non ero riuscito a capire chi fosse il tipo, perché aveva in testa un borsalino marrone le cui tese gli coprivano il viso inclinato verso il basso. Indossava un giaccone di lana cotta verde scuro e pantaloni di fustagno. Mettendo a fuoco, avevo notato anche un paio di scarpe di cuoio, a prima vista sformate ma robuste, rassicuranti. Martino sul suo zaino aveva legato un borsone, sicuramente il bagaglio dell'uomo. Ero ancora più sorpreso.

I due avevano confabulato un po', poi Martino aveva allungato un braccio verso casa, indicando la direzione, e avevano iniziato a salire per il pascolo, molto lentamente. Uno vicino all'altro.

Ero uscito sulla veranda, ad aspettarli. Arrivati a una decina di metri, l'uomo aveva alzato lo sguardo.

«Buongiorno Guerrieri!», aveva detto con una certa veemenza che gli aveva fatto arrotare ancora di più l'erre moscia.

«Non ci credo: il professor Rambaldi!».

Martino si era limitato a un sorrisetto di compiacimento. Come a dire: guarda chi ti ho portato.

«E che ci fa da queste parti?», non era stata una domanda intelligente, ma la prima che mi era scappata.

«Visite ai pazienti a domicilio. Visto che è un po' che non vi fate più vedere...», era stata la sua sarcastica risposta.

«Be', una visita un po' fuori mano, mi pare...». Non avevo comunque capito se facesse sul serio o se la sua era stata una battuta. Certo non mi sarei mai aspettato di trovarmelo davanti.

«Magari se mi fa entrare e mi offre un bicchiere d'acqua glielo spiego meglio», aveva detto il professore, togliendosi il cappello e grattandosi la nuca.

«Certo, mi scusi. Sì, andiamo dentro che forse avete sudato un po' e c'è aria fredda in giro. Magari facciamo un caffè o un tè?».

Il Romualdo Rambaldi aveva poi preferito qualche

fetta spessa di salame accompagnata da due calici di rosso Ruchè.

«Sto andando a Lione per uno dei mei soliti congressi», aveva iniziato a raccontare al secondo bicchiere, «e quando il treno si è fermato alla stazione di Oulx mi sono detto: ma non è da queste parti che sta il giovane Rochard? Così, visto che a Lione la banda dei matti, cioè dei neuropsichiatri, si raduna domani pomeriggio, mi sono detto di nuovo: magari vado a vedere come se la cava. Dunque sono sceso dal treno, ho scovato un taxi, mi sono fatto portare al borgo qua sotto e prima ancora di riuscire a chiedere informazioni, manco a farlo apposta, da un vicolo mi è apparso il suo ragazzo. Non lo trova sorprendente, Guerrieri?».

«Altroché...».

Non avevo potuto aggiungere altro, perché Martino, fino a quel momento silenzioso, aveva preso il professore per una manica e lo aveva tirato verso la sua camera.

«Mi scusi», aveva detto Rambaldi con un tono frusciante, «come vede il paziente mi reclama e non posso rifiutare».

Prima di andare però aveva ripreso il calice di vino, avvolgendolo con entrambi i palmi delle mani e le dita strette, e aveva dato un'ultima vigorosa sorsata.

«Buono davvero», aveva borbottato con l'occhio languido.

Quel suo modo particolare di prendere il bicchiere mi aveva ricordato che pure io lo avevo spesso afferrato e stretto a due mani nei mesi successivi alla morte di Chiara, con l'intento di farmi compagnia e annegare i ricordi nel liquido violaceo versato fino all'orlo. Per fortuna Nina, il dover provvedere a lei, mi aveva fatto mollare presto la presa.

Quando il buio aveva preso possesso dei boschi e dei pascoli, i due erano ancora dentro. Sarebbe stato interessante capire almeno le intenzioni del professore, così avevo lentamente aperto la porta, dopo aver bussato timidamente.

Martino era al computer, il Rambaldi invece dormiva supino sul tappeto: cuscino sotto la testa, cappello sugli occhi come Indiana Jones e piedi al caldo sotto una coperta di lana.

«Che è successo? Si sentirà mica male? Potevi chiamarmi!».

Mi aveva guardato con aria interrogativa.

«Era stanco. Ha detto: "Aiutami a sdraiarmi, mi faccio una dormitina". Sarà stato il viaggio. O la salita fin qua».

«Sarà stato il vino, te lo dico io. E adesso che facciamo?».

«Niente. Perché?».

La sera eravamo scesi all'agriturismo, per la cena. Rambaldi si era ripreso in grande stile e a tavola aveva affrontato con disinvoltura una doppia porzione di *tajarin* al sugo di cinghiale e un bis di formaggi della casa.

«Non dovrei, non dovrei… alla mia età». Mi aveva fatto venire in mente il primo incontro con la Robinia Maestrelli, anche lei eccellente forchetta. *La fame e la neuropsichiatria*, avrei potuto tirarci fuori un librettino ironico.

Martino mi era sembrato eccitato. Il professore ogni

tanto, tra un sorso di Barbera e un boccone, gli aveva fatto delle domande che erano sembrate buttate lì, a caso, ma avevano avuto sempre la capacità di ottenere risposte. Insomma, i due chiacchieravano come un nonno e un nipote. Gli amici, la scuola, cosa ti piacerebbe fare, che cosa c'è di interessante ad andare per boschi... Avevano avuto anche, partendo dal sugo di cinghiale, una piccola discussione sulla caccia. Romualdo a favore e Martino contro, il primo provocatorio e l'altro che rispondeva con sempre maggiore aggressività.

Li avevo osservati e ascoltati con interesse, ma anche con distacco, come se fossi stato seduto in platea davanti a una piccola sceneggiata teatrale. Il Romualdo si stava lavorando il suo paziente.

Fin quando – la cena era ormai agli sgoccioli – Martino con la coda dell'occhio aveva visto, oltre le finestre, passare Augusto.

Si era alzato, aveva fatto il giro del tavolo ed era andato accanto al Rambaldi.

«Andiamo», gli aveva intimato.

«Dove?», aveva chiesto lui fingendo sorpresa.

«Nella stalla. A vedere le vacche. C'è anche Augusto».

«Ma non potrebbe venire lui qui?», aveva chiesto Rambaldi. «Così stiamo più comodi».

«No, Augusto non entra mai qui dentro. Questo è il lavoro di Daniele ed Elisabetta, non il suo. Lui cura gli animali e i campi».

«Allora andiamo a conoscere questo tuo amico speciale», aveva concluso il professore alzandosi con un certo impaccio dalla tavola.

Ero rimasto a chiacchierare con Daniele. Il mattino successivo sarebbe dovuto andare a Susa a ritirare un pezzo di ricambio del trattore, ma aveva la macchina fuori uso. Mi ero offerto di andarci io, partendo presto. Dalla cucina arrivavano i tintinnii di piatti e bicchieri che venivano riposti e lo scorrere di cassetti e di ante aperte e chiuse.

Martino era riapparso dopo due minuti rivolgendosi direttamente al padrone di casa.

«Tre bicchieri e una bottiglia di vino», aveva detto.

«Per farne che?», aveva risposto Daniele ridendo.

«Per farne che! Augusto ha detto: "Vai da Daniele e fatti dare un vino buono e tre bicchieri"».

Daniele aveva attinto un Barbaresco dalla sua dispensa privata. L'aveva stappato lentamente, annusando il sughero, e aveva preparato un vassoio con i bicchieri. Poi l'aveva dato a Martino.

«Ecco qua, questo rallegrerà la serata dei due vecchietti, ma tu vacci piano. Hai capito?».

Martino non aveva detto niente, limitandosi a fare un rapido cenno stizzoso.

«Il giovane non sarà di tante parole, ma è capace di mandarci a quel paese lo stesso, con quei piccoli segni di testa», aveva ridacchiato Daniele mentre rabboccava il suo bicchierino del genepy.

«Cominci a conoscerlo bene, ormai. Senti, a proposito di tuo padre: sai che non so quasi niente di lui? Visto che Martino lo considera un componente della nostra famiglia...».

«Certo è giusto che tu sappia chi ti prendi in casa», aveva detto Daniele. «Però non c'è molto da raccontare. Mio padre è nato e ha sempre vissuto qui, e gran parte della sua infanzia l'ha trascorsa proprio in questa stanza, che adesso è una sala da pranzo, ma allora era una stalla. Lì, dove c'è ancora la mangiatoia, stavano le vacche e qui, dove siamo noi, sullo stesso pavimento di legno, c'erano un tavolo, una panca e una stufa. D'inverno c'era anche una branda, perché spesso l'Augusto dormiva qui per via del caldo, maggiore rispetto alle stanze di sopra. Dai quattordici ai trent'anni ha fatto il taglialegna nelle valli qui intorno. D'estate dormiva nei capanni che si costruiva nei boschi, da solo. Quando tornava a casa i suoi vestiti e la sua pelle sapevano di resina, e quell'odore buono rimaneva per giorni e giorni. I suoi strumenti di lavoro erano asce, cunei di legno, una grossa sega che ingrassava con un pezzo di lardo per renderla più scorrevole, gli uncini per arpionare i tronchi. I suoi compagni erano invece due cavalli da tiro, Febo e Furco, che gli servivano per trascinare il legname fino ai punti di raccolta, lungo le strade. I cavalli li aveva poi venduti quando era arrivato il primo trattore. Sui trent'anni ha fatto anche il maestro di sci, dopo che i torinesi hanno iniziato a costruire intorno al vecchio borgo le prime case di vacanza e qualche imprenditore ha investito sui terreni incolti e sui pascoli per fare le piste da discesa… Sei sorpreso?», aveva concluso guardando la mia faccia.

«Sì, non me lo vedo avere a che fare con notai o avvocati o con le signorine della borghesia sabauda inguainate nel loro abbigliamento sportivo da boutique».

«In effetti quel lavoro non è durato tanto, perché nel frattempo aveva anche messo su una piccola mandria di vacche e a queste si deve stare sempre dietro e non c'era nessuno a dargli una mano. Io avevo voluto studiare all'Istituto Agrario di Torino, *à l'étranger*, come dicevano in patois lui e i miei nonni: 'all'estero'; per dire quanto considerassero lontano il mondo appena oltre questa valle. La passione per gli animali era nata in lui l'unica volta che era andato via di qui, durante la guerra. La sua famiglia era sfollata nell'Astigiano, portandosi dietro qualche capra, due vacche e un vitello, per avere un po' di latte e qualche formaggio da commerciare. Poi anche lì c'erano stati dei problemi e una delle vacche, che si chiamava Gentila, l'aveva dovuta vendere a un tizio che aveva la cascina in un paese arroccato su una collina. La prima notte però la vacca si era liberata ed era tornata in stalla dai miei, a una quindicina di chilometri. Mio nonno restituì i soldi e la tenne. Quando tornarono tutti a casa l'Augusto decise di allevare animali e da allora, in ogni nostra mandria, la vacca con maggior carattere è sempre stata chiamata Gentila... Tutto qui, si campava in questo modo nelle borgate di montagna». L'aveva detto quasi con nostalgia, anche se quella vita dura lui l'aveva in parte scampata.

«Grazie delle informazioni. Adesso ne so un po' di più. Così se Martino dovesse chiedermi qualcosa di tuo padre, saprò cosa raccontargli».

Daniele era scoppiato in una risata fragorosa. «Tu credi che non sappia già tutto? Sa più cose lui di mio padre che il sottoscritto. Loro due con noi non parlano, ma tra loro sì».

A Susa, il meccanico che riparava i trattori aveva tardato a trovare in magazzino il perno che serviva a Daniele e aveva compilato la ricevuta con una lentezza snervante; così ero tornato a casa a mezzogiorno guidando come un forsennato. Martino avrebbe dovuto essere a scuola, ma il Rambaldi? Avrei voluto chiamare Daniele ma poi avevo lasciato perdere: tanto, senza macchina non avrebbe potuto accompagnarlo da nessuna parte. Magari era arrivato per i fatti suoi fino al borgo e poi aveva chiamato un taxi.

Invece il professore dormiva ancora, pesantemente, da dodici ore filate. Lo avevo intuito già dalla porta di casa, prima ancora di entrare, ascoltando il rumore di motosega che proveniva dalla stanza di Nina, dove l'avevo sistemato verso mezzanotte.

«Professore... prof...».

Aveva aperto un occhio. L'aveva roteato intorno. Poi la pupilla mi aveva centrato.

«Guerrieri, che succede?».

«Succede che probabilmente si è perso il treno per Lione. Non inizia il suo convegno, oggi pomeriggio?».

Aveva pensato un attimo, guardando il cielo luminoso fuori dalla finestra: «Il convegno, già. Sarà la solita zuppa di parole senza condimento. Meglio il giovane Rochard. Si impara più dai pazienti che dai docenti. Fra un attimo arrivo... e la pianti di chiamarmi professore, dottore e cose simili».

Fra un attimo. Il Rambaldi si era girato dall'altra parte ed era apparso quattro ore dopo, quando io stavo già pensando a come mettere insieme la cena. La Barbera e il Barbaresco della sera prima dovevano aver lasciato il segno.

Il resto del pomeriggio l'aveva passato sotto la veranda, con Martino che ancora profumava di stoppie, l'odore rilasciato da quella miscela calda che nel doposcuola, prima di salire a casa, componeva con la meticolosità di un saggio alchimista mescolando crusca, mais, soia e orzo per poi distribuirla agli animali, quando al pascolo non trovavano più niente da mangiare.

Seduti sulla panca e avvolti nelle coperte, erano rimasti a chiacchierare, mentre il mutare della luce disegnava nuove quinte di montagne e di alberi.

Fin quando il buio era arrivato a ravvivare il freddo, mentre il cielo terso e la luna piena ispiravano meraviglia e ammirazione.

«Abbiamo bevuto un caffè e adesso andiamo a farci un giro. Resto in zona, così il prof non si stanca».

Così aveva scritto Martino nel biglietto lasciato sulla mensola accanto al mio letto.

Era sabato mattina, niente scuola e niente lavoro. Avevo fatto un po' di ginnastica spaccando legna sotto la tettoia, tolto dei rami secchi buttati dal vento lungo la linea di confine tra il prato e il bosco, poi avevo risposto ad alcune email, fin quando i due erano tornati.

«Se mi vede di nuovo con appetito, se la prenda con lui», aveva detto il professore indicando "il giovane Rochard", come lo chiamava. «Mi ha fatto consumare tutte le energie».

Avevamo mangiato fuori, ben riparati; una specie di picnic invernale. La giornata era splendida.

Martino a un certo punto si era alzato e aveva detto: «Devo andare a sistemare le bestie».

«Non potresti restare? Il professore fra un po' va via, torna a Milano... Non è che devi fare proprio tutto tu...».

Come se non gli avessi parlato. S'era messo una giacca a vento stinta, da lavoro, il berretto e s'era avviato giù per il prato, senza tanti saluti.

«Fa così, decide e va», avevo detto dopo un po', quasi un pensiero ad alta voce.

«E si lamenta? Ha preso un impegno con il suo amico malgaro e lo rispetta. Guerrieri, mi creda, la sorte le è stata favorevole...».

«Lei dice?».

«Dico, dico. Sa, per tutti questi anni, chi sono stati in gran parte i miei pazienti? Genitori e figli normali, se ha capito cosa intendo per "normali". Persone che non solo non si parlano, ma che si ignorano proprio. Genitori che non prendono posizioni, timorosi, irresponsabili, a volte inetti. E figli che prima se ne approfittano e poi, oltrepassata l'adolescenza, rimangono sgomenti, privi di guida e di esempi. Da mandarli tutti a lavorare gratis in un ospizio, altro che le sedute di psichiatria. Anche lei mi sembra in forma e di quel che fa e come lo fa non deve rendere conto a nessuno, se non, un giorno, ai suoi due ragazzi. Lei è un privilegiato, pensi a come viveva prima. Mi creda, lei è fortunato, anche se... sua moglie non c'è più e a volte la nostalgia potrebbe sembrarle ancora una sostanza letale invece di un balsamo per la mente. Lo capisco, ci sono passato anche io; ma poi tutto si acquieta».

Dovevo aver fatto una faccia strana, non avevo voglia di riesumare ricordi. Avevo immediatamente dirottato il pensiero su Martino e il professore sembrava essersene accorto all'istante. «La vedo perplesso. Cos'è, è l'Asperger a spaventarla ancora?».

«Mi spaventa? No, non più; spesso però mi rende incerto. Non sono mai sicuro di comportarmi nel modo giusto».

«Bene! Che abbia dei dubbi è un bene. Così sta sempre sul pezzo, come direbbe il vecchio maestro del Rochard».

«Il vecchio maestro?».

«Guerrieri, su, andiamo, si svegli: il malgaro, il contadino, Augusto! Lei rimanga pure coi dubbi, ma senza lasciarsi prevaricare. Viva. Vada avanti e lasci fare al ragazzo. State facendo una buona vita...».

«Lei dice?».

«Ancora con questo *lei dice*. Dico, certo. Lei mangia e beve bene, ha una bella casa in un posto invidiabile, un lavoro che la soddisfa anche economicamente, una buona salute, amici sinceri e, se mi permette il termine, due figli che sono gli unici veri gioielli in un negozio di paccottiglia. Cosa vuole di più?».

«Non so. Magari un po' meno imprevedibilità. Vedere, io e Martino, le cose da un unico punto di vista».

Rambaldi aveva fatto una smorfia stizzita, scuotendo leggermente la testa. Si era passato le mani tra i capelli e aveva tirato un sospiro che avrebbe potuto gonfiare la ruota del fuoristrada.

«Guerrieri, se lei si presentasse a un mio esame con questa testa che si ritrova, non solo la boccerei ma la prenderei pure a schiaffi», aveva aggiunto. La mia vecchia idea di un tempo che il professore fosse squinternato non era poi così campata in aria.

«Mi dica», aveva ripreso dopo essersi guardato intorno, «nel prato qui davanti cosa vede?».

«Erbe e cardi rinsecchiti», avevo detto, cercando di capire dove i suoi pensieri volessero andare.

«Esatto. Ieri sera, mentre lo guardavo, a un certo punto la luce della luna ha fatto brillare intensamente la lanuggine dei cardi e sembrava che il cielo si fosse rovesciato, che piccole stelle lucenti fossero cadute sul terreno. Stamattina tutto era tornato un campo invernale di cardi».

«Dunque?», avevo chiesto dopo una piccola esitazione.

«Dunque, Guerrieri, lei è duro di comprendonio. Guardi quelle nuvolette lì sopra. Secondo lei a cosa somigliano? Parli, non stia tanto ad arzigogolare, sia spontaneo...».

Che gioco idiota, avevo pensato. «Boh, direi la prima a un bignè, quella più grossa all'Australia, la terza a... a un piccolo vascello».

«Bene, adesso vada laggiù, dove sono quelle piante».

«Devo andare dove?».

«È sordo? Vada fin là», aveva indicato con la mano alzata e l'indice puntato, «vicino a quei due abeti inclinati; e si tenga a portata di voce. Veloce».

Ero andato di corsa fino agli abeti e appena arrivato m'ero girato a guadare il professore spaparanzato sulla veranda.

«Guardi le nuvole», mi aveva gridato. «Vede sempre bignè, continenti o piccole navi?».

Le avevo guardate. Le uniche tre piccole nuvole nel cielo blu avevano cambiato forma. Batuffoli adesso uniformi, naviganti in fila indiana; tre sfere uguali sul pallottoliere celeste.

«No». Avevo risposto a voce alta.

«Torni qua». Più che dirlo aveva fatto un cenno con il braccio.

Ero tornato verso casa cercando di capire chi di noi due fosse più imbecille. Mi ero seduto sui gradini, al sole. Lui mi aveva lasciato stare per un po'.

Poi, piegando il busto in avanti, mi si era avvicinato all'orecchio, quasi sussurrando: «Stavolta tocca a me: *lei dice*?».

«Dico che le stesse cose cambiano se si vedono in occasioni o in momenti diversi. Che non c'è un solo punto di vista».

«Oh là, Guerrieri, ci siamo, quasi quasi la promuovo. Ancora una domandina, facile: tutto questo, trasferito su un ragazzo che ha la sindrome di Asperger, come lo tradurrebbe?».

Ci avevo pensato un po'.

«Che l'imprevedibilità fa parte del gioco».

«L'imprevedibilità, Guerrieri, fa parte del mondo. Cambiano le luci, gli effetti, le nuvole, i colori degli alberi, le persone, le loro storie. Ma tutto è marchingegno di un progetto armonico».

In pieno inverno a tirarci fuori dal piacevole torpore c'era poi stata quella che avremmo ribattezzato "la settimana della paura".

Una sera a cena avevo visto Martino stravolto, col viso gonfio e gli occhi lucidi, più taciturno del solito.

«Ti senti male?».

«No, sono stanco e oggi ho sudato; sono due giorni che sistemo le cataste sotto la tettoia. Quando prendi la legna, fallo con ordine, non da dove capita», mi aveva rimproverato.

«Signorsì capo. Però dovresti misurarti la febbre».

Lo aveva fatto, ma soltanto per evitare altre noiose richieste.

Trentanove.

Nei primi due giorni i medicinali che avevamo in casa non avevano fatto effetto. Al mattino del terzo giorno era venuto il medico proprio mentre il termometro era salito poco oltre i quaranta. Meno di due ore dopo, Martino era finito in un altro letto, quello dell'ospedale di Briançon, poco oltre il confine francese. Elettrocardiogramma e lastre ai polmoni. Antibiotici e antinfiammatori, anche se le cause del male non erano chiare.

Martino era come stordito, sembrava fluttuare in un continuo dormiveglia. Non riusciva a mangiare e ad andare in bagno. Io ero rimasto lì a captare i bisbigli, a sonnecchiare su un divanetto, ad alzarmi nervosamente per andare a chiedere informazioni anche se me le avevano date cinque minuti prima.

«Forse domattina lo trasferiamo a Lione», aveva detto verso sera un infermiere ghanese che parlava l'italiano alla perfezione.

«A Lione? Ma cos'ha?», avevo detto alzando la voce.

«Non si agiti, altrimenti ricoveriamo anche lei. A Lione faranno analisi più dettagliate. Tutto qui. Non si preoccupi».

Mi ero preoccupato eccome. Voleva dire che non c'erano state diagnosi affidabili. La febbre non era ancora calata, sapevo che una temperatura corporea a lungo elevata avrebbe potuto provocare un cortocircuito generale.

Ero rimasto tutta la notte sul piccolo e rinsecchito divano, nella stanza singola. Il ghanese era apparso ogni tanto a controllare che la sacca con i liquidi necessari ad alimentare Martino fosse in ordine e che l'ago in vena fosse al suo posto. Una volta era transitato anche un medico. Aveva auscultato i battiti e il respiro, scritto qualcosa su un foglio di carta e se n'era andato senza una parola, come se non fossi stato lì. Avevo passato il tempo come un ebete, con i muscoli addominali contratti, nell'impossibilità o nell'incapacità di poter fare qualcosa, navigante in balia della burrasca. Poi di colpo ero crollato, con la testa su un bracciolo di ferro.

Quando al primo filtrare del giorno avevo spalancato gli occhi – mi erano bastati due secondi per realizzare dove fossi –, Augusto era lì e mi volgeva le spalle.

Seduto su una sedia a fianco al letto, guardava Martino. Mi ero avvicinato piano e gli avevo poggiato due dita sulla spalla, *sono qui*. Lui non s'era mosso. Aveva alzato leggermente una mano come per dirmi di fare piano, con l'altra teneva quella di Martino. Ero rimasto colpito da quel gesto di intima tenerezza.

Avevo pensato che il vecchio stesse infondendo al giovane la sua tranquillità, la sua sicurezza. Il principio dei vasi comunicanti. Perché Martino mi era sembrato subito più pacato, con il respiro quasi regolare; anche se, sfiorandogli la fronte, lo avevo sentito ancora caldo.

M'ero appoggiato allo stipite della finestra. Sotto, le luci della città cominciavano a spegnersi, le montagne innevate a sbiancare. Le scie fumose dei comignoli, a contatto con l'aria gelida, si frantumavano in miriadi di cristalli di ghiaccio. Qualche bar accendeva le insegne al neon in previsione di una giornata smorta.

Avevo guardato, alternativamente, fuori dalla finestra e poi la mano possente e delicata di Augusto che quasi copriva del tutto quella magra, nodosa e piena di graffi di Martino.

Mi era venuto un dolore allo stomaco. Nella memoria di Martino non c'era nessun ricordo delle mani di sua madre, del calore del suo corpo, dei suoi profumi, di canzoni sussurrate. Solo contatti di mani sbrigative, odori asettici, parole meccaniche, prive di tonalità.

Mentre pensavo così, era entrato un medico: uno giovane, mai visto prima, dall'aria sbrigativa. Di Ventimiglia, avremmo saputo poi.

«Lei è il padre e lei il nonno, immagino», aveva detto indicandoci.

«Sì», avevo risposto per tagliare corto. Il medico si era subito dedicato a Martino, lo aveva svegliato con una piccola carezza sulla guancia e tra i capelli.

«Che lavoro fa il ragazzo?», ci aveva chiesto.

«Nessuno, studia. Perché?».

«Con queste mani così segnate...».

«Taglia i tronchi, tira il latte, pialla il legno», aveva detto Augusto, senza spostarsi dalla sua sedia.

«Dunque, lavora...», aveva replicato il medico con un sorrisetto.

«Mi aiuta quando c'è da fare. A casa mia tutti aiutano».

Martino aveva socchiuso gli occhi. Aveva visto Augusto e gli era scappata una smorfia somigliante a un sorriso.

«Giovanotto, come andiamo? Ti dobbiamo fare un piccolo prelievo. Potresti allungare un po' questo braccio?». Alla richiesta Martino aveva invece rattrappito il braccio contro il corpo.

Augusto allora gli aveva ripreso la mano e delicatamente l'aveva tirata a sé. Martino lo aveva lasciato fare. Il medico aveva potuto estrarre la sua mezza siringa di sangue senza problemi.

«Grazie della collaborazione. A più tardi», e se n'era andato.

Augusto era rimasto a fissare il palmo della mano aperta di Martino. Poi aveva guardato anche il palmo dell'altra.

«*Boja*», aveva esclamato facendo un sobbalzo sulla sedia.

«Che c'è, adesso?».

«Quel dottore è cieco come una mela. Guarda qui».

Su ciascuna delle mani di Martino, c'erano due sottili graffi dalla forma identica e regolare, due grandi uova disegnate.

«Cosa sono?».

«Lo so io cosa... Sono i segni delle estremità delle due corna di stambecco che abbiamo trovato la settimana scorsa; dove le ha messe?».

«Fuori, come gli hai detto tu. Per fare andar via la puzza. Mi pare le avesse incastrate tra i ciocchi, nella legnaia».

«Vai a chiamare il dottore...».

«Ma mi spieghi, per favore?», avevo chiesto concitatamente ma sottovoce, perché Martino si era riassopito.

«Spiego una volta sola. Chiama il medico!», aveva quasi ingiunto.

Il dottore era arrivato dopo due minuti.

«Mio *padre* deve dirle qualcosa», gli avevo spiegato.

«Giorni fa io e il ragazzo abbiamo trovato la carcassa di uno stambecco morto», aveva attaccato Augusto senza preamboli. «Gli abbiamo sfilato le corna torcendole via, perché il cranio aveva ancora carne e pelle attaccata. Un po' di quella carne è rimasta alla base delle corna e lui», aveva indicato Martino con la testa, «deve essersi ferito spingendo le corna proprio alla base, come si vede dai segni sulle mani. È facile che si sia infettato con la carne putrida... c'è gente che è morta così...».

«Grazie della diagnosi sintetica. Non è per niente incoraggiante, ma daremo subito un'occhiata a queste nuove cause d'infezione», aveva risposto il medico dopo aver ascoltato con attenzione crescente. Poi aveva chiamato qualcuno al telefono: «Passami Jeantet. Ah, sei tu? Il Rochard, di cui poco fa ti ho portato il sangue da analizzare... sì, il ragazzo italiano... ci sono variazioni sul tema; tossine, soprattutto; dobbiamo cercare quelle».

Quattro giorni dopo, durante i quali ero andato avanti e indietro dall'ospedale ma con il cuore più leggero, Martino, con le sue confezioni di farmaci in un sacchetto di carta, era potuto tornare a casa. La settimana successiva erano venuti a trovarlo la preside Ramelli con qualche compito da fare e alcuni suoi compagni di classe, portandogli invece gli stessi compiti già belli e fatti. «Così hai più tempo per riposarti», e giù a ridere in coro; anche Martino sembrava divertirsi.

La convalescenza non era stata comunque roba per

lui. Dopo otto giorni aveva voluto riprendere la scuola. Il primo giorno l'avevo accompagnato in macchina. Passando nel borgo vecchio avevamo incontrato Augusto che, con una carriola, stava andando a recuperare legna in un sottoscala vicino. Dal giorno delle analisi mediche non s'era più visto. Lo avevo però chiamato un paio di volte al telefono per fargli sapere come stavano andando le cose. Avevo fermato l'auto sul ciglio della strada e il Gustu si era avvicinato.

«To', il giovane Rochard è di nuovo in pista», aveva detto con un mezzo sorriso.

«Sì, vado a scuola. Stasera poi passo in stalla...», gli aveva risposto Martino.

«Lascia perdere la stalla, le bestie non scappano mica. Non ti voglio vedere prima di dieci giorni. Intanto mangia e dormi. E quando lavori fuori, con il ferro, la legna e anche le corna, se ti dovessero ricapitare, metti sempre i guanti spessi...».

«Va bene», aveva risposto lui diligentemente.

«Ecco, bravo. Adesso andate sennò fate tardi». Senza aggiungere altro aveva riafferrato i manici della carriola e s'era avviato.

Ero rimasto lì a guardarlo con affetto, pensando per un attimo a com'era diversa la nostra vita rispetto a un tempo.

Poi ero ripartito e, passandogli piano di fianco, gli avevo detto: «Ehi *nonno*, grazie di tutto!».

Mi aveva lanciato un gestaccio con la mano ma, dallo specchietto retrovisore, avevo fatto in tempo a individuare anche un sorriso divertito. Era la prima volta che lo vedevo ridere veramente.

«Perché "nonno"?», aveva chiesto Martino guardandomi con gli occhi sgranati.

«Adesso ti spiego».

Quella era stata la seconda volta in pochi mesi in cui Augusto ci aveva tirato fuori dai guai. La prima era stata al termine dell'estate precedente, poco oltre la metà di settembre. Nel fine settimana io e Martino avevamo deciso di salire al rifugio Vaccarone, a oltre 2.700 metri di quota. Una piccola costruzione solitaria in un posto selvaggio, in mezzo alle nuvole. Per arrivarci, lasciata la macchina in uno spiazzo erboso, era necessario affrontare una ripida salita di tre ore e poi proseguire su sentieri ondulati per almeno un'altra ora. Il rifugio era appollaiato su un piccolo sperone roccioso, quasi in bilico tra due valli sottostanti: una dall'aria sperduta, quasi inesplorata, che si insinuava tra glabre montagne in direzione della Francia, e l'altra, al contrario decisamente abitata, che si allungava fino a Torino. Noi ci eravamo andati, come al solito, per gli animali: grandi branchi di cervi e famiglie di camosci potevano trovarsi facilmente a tiro dei nostri binocoli. Ma soprattutto lo erano gli stambecchi dalle grandi corna, tranquilli fra quei pochi escursionisti che riuscivano ad attraversare le pietraie sommitali, tanto da lasciarsi avvicinare da loro fino a pochi metri. Arrivati al rifugio avevamo scoperto dai giovani gestori, una famiglia della Val Pellice con qualche amico ingaggiato per andare fin lassù a dare una mano, che quello era l'ultimo giorno di apertura della stagione estiva. Erano, infatti, tutti indaffarati a fare i voluminosi bagagli, con le cose personali e tutto quello che avrebbe potuto rovinarsi nell'inverno, quando le temperature rimanevano diversi gradi sotto lo zero per molte settimane. I bagagli li avrebbe portati a valle un elicottero e loro sarebbero scesi a piedi prima di sera.

Eravamo rimasti un po' delusi, poiché avevamo programmato di dormire lì, per poi alzarci all'alba e andare a esplorare quelle terre alte e selvagge a noi poco conosciute. Ma uno dei ragazzi del rifugio aveva trovato la soluzione: «Se vi va potete dormire alla capanna Sandrin, tanto la dobbiamo aprire comunque».

La capanna era una grande scatola metallica, ancorata con dei robusti cavi d'acciaio alle rocce, all'interno della quale c'erano un tavolo quadrato, tre sedie e una ventina di posti letto allineati su due file sovrapposte, con le coperte ben piegate poggiate sui materassi. Di luce ne entrava poca, dall'unica piccola finestra ritagliata sulla porta d'ingresso.

La capanna veniva aperta quando il rifugio chiudeva e serviva da bivacco invernale, per dare riparo a chi aveva il coraggio o più spesso l'incoscienza di affrontare quei luoghi che con il ghiaccio, il vento e la solitudine, diventavano davvero inospitali. Quando uno andava via lasciava il lucchetto aperto, in modo che chiunque altro avrebbe potuto facilmente trovare un riparo d'emergenza.

Martino era rimasto perplesso alla proposta di sostare in quel luogo soffocante, ma avevo insistito pronosticando un tramonto magnifico e una notte stellata, a sua volta ambasciatrice di un buon mattino in cui avremmo sicuramente visto stambecchi in quantità e nuovi paesaggi.

Invece, annunciata da un improvviso ticchettio da vetusta macchina da scrivere, sempre più serrato e più forte, insieme al buio era venuta anche la grandine. Di solito i temporali di fine estate durano poche decine di minuti, ma la grande nuvola carica di acqua, pronta a trasformarsi in acini di ghiaccio con l'abbassamento della temperatura, si era fermata proprio sopra il bivacco e si era accucciata, come una chioccia, fino a inglobarlo. Il martellamento sulla lamiera della costruzione era durato tutta la notte, con violenza e soprattutto con un fragore incessante, accentuato dalla mancanza di altri rumori, fino a provocare in Martino un'inarrestabile crisi di nervi. Sdraiato su uno dei letti, era stato in silenzio per molto tempo, guardando fisso il soffitto azzurrino alla luce della sua lampada frontale. Poi era scattato improvvisamente in piedi e aveva cominciato a urlare, muovendosi avanti e indietro, velocemente, nello spazio angusto. Avevo cercato di parlargli, di calmarlo, di incoraggiarlo, ma ogni mio tentativo di distrazione non aveva fatto altro che aumentare la sua tensione. Era andata così per ore, fin quando, spossato, si era buttato su un materasso coprendosi la testa con strati di coperte, con l'intenzione di attutire il rumore, ma con il risultato di inzupparsi del proprio sudore. Poi, sfinito, era riuscito ad addormentarsi. Nella notte la grandine aveva lasciato posto alla pioggia, accompagnata dai tuoni. All'alba ero riuscito a scrutare fuori dalla finestrella. Sulle rocce tutt'intorno sembrava avesse nevicato abbondantemente, invece erano gli strati di grandine. Le nuvole color grafite avevano preso a muoversi molto lentamente come una flottiglia di grandi imbarcazioni serrate tra loro, senza lasciare spiragli, e ogni tanto si portavano dietro fragori e odori minerali di pietra focaia, ottenuti dallo scontro violento di massi rotolanti.

Al primo mattino, temendo che la batteria del cellulare si potesse esaurire da un momento all'altro, avevo indossato la giacca impermeabile ed ero uscito fuori, sotto la tempesta. Avevo girovagato un po' lì davanti fino a trovare un segnale decente e avevo chiamato il numero fisso di casa Bermond. Aveva risposto Daniele e gli avevo raccontato con voce alterata in che situazione eravamo finiti. Lui aveva replicato rincarando la dose: c'erano strade allagate per tutta la valle, sentieri franati, vaste pietraie d'alta quota scivolate a valle, alberi spezzati nei boschi. Muoverci di lì, specie non conoscendo i terreni o non sapendo dove andare, sarebbe stato un suicidio «con tanto di garanzia», così aveva detto.

«Avete da mangiare e qualche modo per scaldarvi?», aveva chiesto alla fine.

«Non è il digiuno che mi preoccupa, ma il non poter fare niente per le condizioni di Martino. Comunque, per stare caldi abbiamo coperte in abbondanza e maglie di ricambio», avevo urlato nel telefono, per farmi sentire tra gli scrosci di pioggia tagliente e il fischiare acuto del vento amplificato dai cavi metallici del bivacco.

«Bene. Lo so che non è facile ma dovete avere pazienza. Con questo tempo neanche gli elicotteri possono alzarsi in volo. Vediamo cosa fare».

«Ma le previsioni che dicono?».

«Non lo so, devo informarmi, mi sono svegliato da poco e non mi aspettavo la tua telefonata. Qui sembra tutto di piombo, ma lo sai che in alta quota basta un po' di vento perché tutto cambi».

«Sì, ma qui il vento non porta via le nuvole, le accumula. Comunque la cosa più importante è che smettano questi impressionanti rumori di rocce che franano e questi rovesci d'acqua contro il bivacco. Sembra di stare in una galleria con un treno in arrivo».

«Capito. Cerca di tranquillizzare il tuo ragazzo, qualcosa ci inventeremo. State al riparo e al caldo, che è la cosa più importante».

«Va bene. Potrebbe scaricarsi la batteria del telefono, e forse anche quelle delle lampade frontali...».

«Non importa, tanto ormai so dove siete e con il buio avete già buona confidenza. Non dovete fare altro che sedervi tranquilli e aspettare».

Tornato nel bivacco avevo visto Martino sveglio, seduto su una sedia, davanti al tavolo vuoto. Aveva l'aria stranamente tranquilla. Ne avevo approfittato per spiegargli con la massima pacatezza la situazione, rassicurandolo sul fatto che Daniele Bermond sapeva dove eravamo e che avrebbe mandato qualcuno a prenderci. Dovevamo solo aspettare che il tempo migliorasse un po'. Avevamo di che stare al riparo, qualche barretta ai cereali nello zaino e per avere acqua fresca da bere ci sarebbe bastato semplicemente sporgere le borracce fuori dalla porta. Non avevamo niente di cui preoccuparci. Mi spiaceva solo per i fastidiosi rumori del maltempo, ma non potevamo farci nulla.

Lui aveva aperto il palmo della mano e mi aveva mostrato con un mezzo sorriso due batuffoli bianchi. Aveva strappato delle striscioline di carta da un quaderno che abitualmente portavo nello zaino, le aveva inumidite, appallottolate e strizzate più volte e si era fatto due funzionanti tappi per le orecchie. «Così va bene», si era limitato a dire.

Avevamo trascorso l'intera giornata buttati su un materasso o in piedi accanto alla finestrella per guardare fuori. Il tempo non passava mai. Avevo cercato di avviare qualche conversazione, ma si erano sempre arenate sul nascere. Brevi domande e risposte a monosillabi o sguardi inconsistenti. Non era il momento di mettersi a discutere. La pioggia aveva continuato a cadere a ritmo serrato, anche se con diverse tonalità sonore. In uno squarcio tra le nuvole avevamo intravisto anche la neve sulla cima appuntita del Rocciamelone, una montagna di oltre 3.500 metri sul lato opposto di una valle resa invisibile dalle nuvole. Verso sera avevamo sentito dei rumori di sassi smossi, lì vicino alla porta; erano una femmina di stambecco e due piccoli alla ricerca di qualcosa da ruminare, indifferenti al maltempo a cui erano abituati. Col buio ci eravamo sdraiati e ci eravamo fortunatamente addormentati, fingendo di vivere in una navicella interplanetaria, in un cielo senza stelle e senza asteroidi; il rumore dell'acqua che scivolava sul tetto e sulle pareti del bivacco era quello del carburante che scorreva nei motori spaziali.

Il mattino successivo avevo sentito altri piccoli rumori, lì all'esterno. La famiglia di stambecchi doveva essere ancora nei dintorni. Invece no, era Augusto Bermond. Aveva dato una manata alla porta ed era entrato rumorosamente, avvolto in una cerata nera e gocciolante che proteggeva anche il carico che aveva in spalla. Martino s'era svegliato di soprassalto e l'aveva subito inquadrato.

«Sei arrivato...», si era limitato a dire, ma con evidente sollievo.

«Sono arrivato», aveva risposto semplicemente l'altro. Poi, rivolgendosi a me, aveva aggiunto con tono duro: «Le previsioni del tempo bisogna guardarle prima, non chiederle dopo».

«Sì, ma non avevamo intenzione di fermarci così tanto...», avevo cercato di ironizzare, ma Augusto mi aveva fatto un gestaccio con la mano e aveva cominciato a spogliarsi. Era fradicio, nonostante la cerata, e aveva gli scarponi pieni d'acqua e di fango. Nello zaino aveva portato pane, formaggio e vino, dei berretti, guanti impermeabili e calze asciutte. C'erano anche alcuni metri di corda da montagna e dei moschettoni. «Nel caso ci fosse qualche frana da attraversare».

La notte precedente lui e Daniele erano riusciti ad arrivare col pick-up al lago del Moncenisio, oltre il confine francese; Augusto aveva scavalcato una cresta, percorso tutto il fondo della valle che arrivava da nord-ovest, quella dall'aspetto inesplorato, priva di sentieri, e poi era salito su fino a noi per pareti di granito compatte e poco inclinate, dove non c'erano pietre che avrebbero potuto rotolare giù. Si era solo preso delle gran cascate d'acqua addosso. Era quello l'itinerario che, in senso inverso, avremmo dovuto ripetere tutti e tre.

«Ma non poteva venire Daniele?», aveva domandato Martino.

«No, lui qui non c'è mai venuto e non avrebbe saputo dove passare, specie se ci fosse stata la nebbia e tutte le direzioni sembrano uguali. Io questa valle invece me la ricordavo ancora bene».

«C'eri già stato?».

«Alla fine della guerra mi è capitato di accompagnare delle persone oltre il confine, laggiù».

«Che persone?».

«Eh, storia lunga. Un giorno dell'inverno che arriva magari te la racconto. Adesso però mangiamo qualcosa, copriamoci con i vestiti asciutti e andiamocene. Da qui alla macchina ci saranno cinque o sei ore di strada; adesso piove un po' meno, ma al fango non scampiamo, il passo sarà per forza lento».

«Ma non ti riposi neanche un po'?», avevo chiesto io, che non vedevo l'ora di sparire da quel posto.

«A riposarsi c'è sempre tempo. E poi, se solo mi appoggio al letto, crollo e rischiate di passare qui un'altra notte».

A metà marzo era scesa una nevicata straordinaria per intensità e durata: all'inizio raffiche di schegge di vetri taglienti, quasi un avvertimento minaccioso dell'inverno morente nei confronti di una primavera che era lì lì per mettere fuori la testa. Poi due giorni senza interruzione con falde ampie e concave, simili alle "nuvole di drago" che avevamo mangiato poco tempo prima in un bar gestito da cinesi a Susa prima di risalire velocemente nella nostra valle. Martino aveva annusato l'aria, scrutato il cielo scuro e detto le sue quattro essenziali parole: «Fra poco nevicherà forte».

Così era andata. Ce n'eravamo stati chiusi dentro, con la dispensa piena e la legna asciutta per le stube e il camino, qualche libro da leggere e film da vedere, cose da scrivere e da imparare, mentre fuori tutto era sfumato nel silenzio e i pascoli, gli alberi e le bestie nella stalla di Augusto continuavano a godersi la quiete quasi mistica. Le giornate s'erano già allungate, come a volersi stirare nel letto prima di svegliarsi del tutto, e quella nevicata era stata per noi una grazia divina.

Lo era stato anche il sole pieno del quarto giorno, un

sabato mattina. Fin dall'alba lo strato bianco e omogeneo che faceva scintillare il nostro pratone come cristalli di zucchero era stato scarabocchiato malamente dalle tracce profonde di numerosi sci-alpinisti diretti in alta quota. Sui fianchi delle montagne alle nostre spalle c'erano boschi e radure disseminate di piante radenti e di piccoli avvallamenti nascosti dove d'estate i cervi e i caprioli andavano a riposare. D'inverno però in quegli avvallamenti la neve si incanalava e scorreva via veloce, provocando piccole slavine, a volte alimentate in maniera decisa dalle valanghe che prendevano vita dalle costole scarne e ripide della montagna alta.

Noi eravamo fuori rotta, naturalmente. A chi per primo aveva costruito la baita che poi sarebbe diventata la nostra casa, non era mancata l'esperienza per scegliere un posto sicuro dove poter allevare animali e bambini. A volte, negli inverni passati, ci erano arrivati addosso leggeri sbuffi di sottile polvere bianca e avevamo avvertito qualche sommesso borbottio di slavine lontane, ma niente di più.

Martino era uscito sulla veranda per guardare quelle decine di incisioni profonde lasciate dagli sci, aveva buttato l'occhio sul termometro appeso fuori e aveva emesso la sua lapidaria sentenza: «Qualcuno oggi potrebbe avere dei guai». E se n'era tornato dentro ficcandosi nervosamente le mani in tasca.

Comunque c'ero arrivato pure io. Il terreno esposto avrebbe potuto non trattenere lo strato di neve fresca e farinosa, che in cima doveva essere alta un metro e oltre. Me lo aveva insegnato Daniele che, d'inverno, quando la campagna dormiva e le vacche erano in stalla, trovava il tempo di fare il maestro di sci, con più disponibilità di quella che aveva avuto suo padre.

A metà giornata era successo quello che avevamo previsto. Daniele e Augusto erano arrivati guidando le loro motoslitte, trascinandosi dietro, a fatica, due sgangherati carrelli zeppi di persone, con sci e ramponi tra le mani, le sonde e le pale da neve fissate agli zaini e le radio a tracolla. I soccorritori s'erano fermati nel nostro prato, dove la salita cominciava a farsi impegnativa ed era dunque necessario proseguire a piedi, così che tutti avevano rapidamente fissato gli sci agli scarponi per affrontare il pendio a zigzag, in fila indiana, affondando fino ai polpacci. Daniele s'era messo davanti a fare la traccia.

Augusto era venuto a sedersi sotto la veranda senza dire niente, rassegnato. Si era limitato ad allargare le braccia, lasciandole poi cadere pesantemente lungo i fianchi, guardando la montagna che splendeva come un diamante.

«Quanti sono?», gli aveva chiesto Martino dopo un po'.

«Boh, pare una congrega di sette, gente incapace, senza testa! Uno è rimasto indietro per sistemare gli attacchi e ha avuto fortuna, la slavina è partita prima di lui. Due sere prima era stato a dormire nell'agriturismo, l'ultimo numero registrato nel suo telefonino era quello di Daniele, e così ha chiamato lui. Gli altri avevano appena iniziato a scendere per i pascoli dei Valdesi e anche la neve sotto i loro piedi ha cominciato a scappare via».

Martino s'era alzato di botto e se n'era andato in camera sua. Ogni tanto faceva ancora così.

«Ma non c'era un elicottero, per andare a cercarli?», avevo chiesto ad Augusto mentre mi sedevo al sole con aria indifferente, perché a me quelli che affrontavano la montagna senza consapevolezza e senza preparazione non facevano per niente pena.

«Ce n'è di elicotteri... Protezione Civile, pompieri... ma sono già tutti in giro, da altre parti, a recuperare gli escursionisti. Questi disgraziati incompetenti, in giro dopo tre giorni di neve fresca che non s'attacca per niente, vanno a fare danni mica solo qui... Comunque ne dovrebbe arrivare uno da Torino».

«Meno male...», avevo detto con un po' di cinismo.

Martino era tornato fuori, con il computer acceso appoggiato sui palmi delle mani. A tutto schermo c'era la foto satellitare dei pascoli dei Valdesi. «Gustu, guarda un po' qua. Le vedi queste onde del terreno? Se la slavina è partita da quassù», aveva detto puntando il dito, «qui sui dossi potrebbe aver fatto una curva andando giù in questa direzione. Magari sono stati spinti da questa parte e non sono andati giù dritti. Daniele e gli altri stanno andando dalla parte sbagliata. Te lo dico io, sì, sì».

Augusto non aveva risposto; si era limitato ad alzarsi lentamente, scuotendo la testa; aveva afferrato al volo la situazione. Poi aveva detto a Martino: «Mi sa che ci hai visto giusto. Ci tocca andare».

«Sì, sì!», aveva risposto con una certa eccitazione.

Avevano afferrato due pale da neve e un mucchio di vecchie coperte da un armadietto di ferro nel capanno degli attrezzi e trenta secondi dopo erano in groppa alle motoslitte, facendole schizzare in avanti, su una traccia di sentiero morbido che andava nella direzione opposta a quella in cui s'erano diretti i soccorritori. Ero rimasto impalato ad ascoltare, nella mattina soleggiata e muta, il rumore fastidioso delle due motoslitte spinte al massimo, saltellanti come grilli sull'abito da sposa della montagna. Chissà quando Daniele aveva insegnato a Martino a guidare una motoslitta.

«Tu e il tuo amico siete finiti sul giornale», avevo detto a Martino il giorno dopo, in macchina. Dovevo fare un salto a Torino e la scuola era di strada.

«Perché?», aveva chiesto, ma senza troppa curiosità.

«Pensaci un po'. Tu che dici?».

«Per ieri?».

«Be', Marti, avete salvato quattro persone. Quattro persone, mica il gattino sull'albero».

«Come lo sai, del giornale?».

«Ho visto "La Stampa" su Internet, stamattina presto. Un titolone e anche la vostra fotografia. Avevate certe facce stravolte, madonna mia».

Aveva alzato le spalle, e il ciuffo gli era caduto sull'occhio.

«Siete tornati veramente stravolti. Tutti e due. Forse oggi saresti dovuto restare a letto...».

«Ma che hanno scritto? Chi? Io non ho visto nessuno».

«Boh, qualcuno dei soccorritori arrivati dopo di voi o uno degli sciatori che avete tirato fuori avrà raccontato a un giornalista come sono andate le cose. "L'eroe della

Val di Susa", mi pare pure di aver letto una frase simile. Chissà che commenti, oggi a scuola. Ti faranno mille domande».

«Allora non ci vado. Magari vengo con te a Torino».

«Tanto se non te le fanno oggi, te le faranno domani. Perciò… Comunque, che resti tra noi: sei stato davvero un grande…».

«E Augusto? Ne ha ripescati tre. A uno, che non s'era fatto niente, l'ha pure insultato…».

«Augusto? Un grande davvero», avevo ripetuto.

La cosa era sembrata esaurirsi così.

Invece Martino aveva reagito male, chiudendosi in un mutismo assoluto per tre giorni di fila dopo che la settimana successiva «la Repubblica» era tornata sulla vicenda nelle pagine della cronaca nazionale. Un certo Lorenzo Montemagno, cronista di vecchio pelo, come avevo avuto modo di appurare nelle settimane successive tramite un conoscente nel quotidiano romano, aveva scritto un pezzo generalista sulla «crudeltà della montagna» e in un riquadro aveva ripreso la storia del salvataggio in valle, «ad opera di un adolescente milanese e di un vecchio montanaro claudicante, là dove i soccorsi avevano tardato ad arrivare».

Il solito concentrato di superficialità e inesattezze. Augusto, per esempio, camminava drittissimo; con quel "claudicante" inventato, quel fesso di Montemagno aveva voluto probabilmente rendere più eroico il personaggio.

Avevo bruciato il giornale nel camino, ma Martino era venuto subito a sapere dell'articolo a scuola ed era caduto in una depressione piuttosto vischiosa, difficile da farsi scivolare addosso.

Avevo cercato di aiutarlo non intervenendo, facendo solo in modo che le giornate tornassero a scorrere normali. «Un giornale, in genere, mezz'ora dopo il suo acquisto già lo buttano via. Magari accartocciato nella legnaia, usato al mercato per avvolgere l'insalata o per asciugare l'acqua rovesciata su un pavimento», era stata l'unica cosa che gli avevo detto, cercando di non dare importanza alla faccenda. In realtà avrei voluto appendere a un abete quell'ignobile scribacchino per gli alluci. Nudo. A testa in giù. E lasciarlo in pasto ai corvi voraci e alle gazze petulanti ma dal becco d'acciaio. Non per niente nel Medioevo le gazze erano chiamate "gli uccelli del patibolo".

L'impresa di Martino, in evidenza su un quotidiano nazionale, aveva portato un'altra conseguenza decisamente inaspettata. Una denuncia da parte del Tribunale per i minorenni di Milano. In qualche modo, leggendo l'articolo, s'erano finalmente ricordati di noi. Il maresciallo dei carabinieri di Cesana Torinese mi aveva gentilmente telefonato per invitarmi a passare "appena possibile", ovvero subito, nel suo ufficio, nella moderna palazzina a due piani di via Ferragut. Tra l'imbarazzo per quel che stava per fare e il curioso per come sarebbe potuta andare a finire – perché era al corrente della nostra piccola storia e di qualche spigolo del mio carattere –, mi aveva mostrato un documento protocollato di tre pagine in cui, con un linguaggio quasi incomprensibile, mi si accusava, in sostanza, «di aver messo fortemente a rischio la vita del minore a Lei affidato». Più avanti: «Lasciato privo di custodia», una terminologia che non si usava più nemmeno nelle carceri o nei canili. L'unica cosa leggibile con chiarezza e in tutta la sua estensione era la firma del funzionario che l'aveva compilato, Adalberto Piano.

Avevo guardato l'ora sull'orologio da muro della stanza, sopra la bacheca con la raccolta pendente dei calendari dell'Arma. Avevo messo una mano in tasca accorgendomi di aver lasciato il cellulare sul sedile dell'auto.

«Maresciallo, posso chiederle cortesemente di farmi fare una telefonata?», avevo detto indicando un telefono fisso, relegato su una colonnina, quasi fosse una reliquia.

Il comandante della stazione, con un sorrisetto divertito agli angoli delle labbra sormontate da curati baffetti savoiardi con le punte all'insù, aveva fatto un cenno. «Naturalmente; si accomodi pure». Al tempo stesso aveva poggiato le mani sulla scrivania, come per alzarsi.

«Resti, resti; non ci sono segreti, anzi».

Avevo composto il numero del centralino e chiesto educatamente di Adalberto Piano. Ero stato fortunato, perché era di turno. Lui, che nei miei scarni contatti precedenti non avevo mai sentito nominare, lo era stato un po' meno. Appena aveva risposto «pronto» ero partito con una raffica di insulti senza ritegno da far evaporare in un attimo il sorrisetto del maresciallo. L'occhio mi era andato sulle sue mani che, a palmi in giù, facevano ampio segno di moderare termini e toni. «Almeno un po', e che cavolo», avevo capito dal labiale.

L'egregio dottor Piano all'inizio aveva tentato di replicare, ma subito lo avevo prevaricato, in crescendo, fino ad arrivare alla minaccia di presentarmi presto nel suo ufficio con un lanciafiamme per incenerire tutte le sue pratiche. Avevo concluso, alzando ancora di più la voce, che considerata la dirimpettaia presenza di un autorevole responsabile della legge, avrei immediatamente fatto una controdenuncia contro di lui e contro l'intero stordito Tribunale, che si era ricordato di noi per un articoletto da quattro soldi e non per le decine di pratiche compilate anni prima, perse chissà dove, come e da chi. Il magistrato, appena m'ero azzittito per ripigliare fiato, aveva chiesto, con voce da casello autostradale automatico, di poter *conferire* con il sottufficiale.

«Comandi, dottore». Un maresciallo rispettoso. Poi però non era riuscito a dire più niente. Aveva annuito ogni tanto, come se l'altro avesse avuto modo di vederlo, e dopo tre minuti in ascolto aveva chiuso la conversazione con un «saluti di tutto rispetto» che mi era sembrato anche ironico.

«Cosa ha detto, ancora?», avevo chiesto con tono alterato.

«Ancora? Ma se lei non gli ha dato il tempo di ribattere! Comunque... niente; archiviato». Aveva preso i tre fogli con la denuncia e aveva incominciato a stracciarli in striscioline con le punte dei pollici e degli indici. «A volte, sa, certe cose le fanno d'ufficio, senza stare lì a valutare i singoli casi... Comunque la prossima volta si moderi...».

«Mi scusi, ha ragione, ci vorrebbe più rispetto per le istituzioni, ma...».

«Vede Guerrieri», aveva interrotto il maresciallo, «non è per la mancanza di rispetto in sé. È che la raffica dei *suoi* insulti è partita dal *mio* telefono!».

L'incontro era andato concludendosi con uno scialbo ma amichevole caffè alla macchinetta d'ordinanza.

«Posso dirle una cosa che riguarda il suo ragazzo senza che lei si agiti?».

«Mi agito io? Ma lei sta scherzando... Che cosa ha combinato?».

Il maresciallo aveva fatto un sorrisetto innocuo, mentre succhiava il caffè dal cucchiaino di plastica. «Niente di che, robetta. Ogni tanto lui e il vecchio si portano via, non autorizzati, della legna dalle rive della Dora, quella portata giù dal fiume».

Lo avevo guardato con un'aria che gli era sembrata aggressiva. Ed era vero.

«Lo so, lo so cosa vuol dirmi», aveva continuato lui, «che in fondo fanno un'opera meritoria portando via qualcuno di quei tronchi morti che intasano gli argini; ma non si possono prendere. È un controsenso, ma le normative demaniali dicono così, che ci vuol fare. Comunque se le dovesse arrivare una multa lasci perdere, me la vedo io con i forestali. Mica che piglia il telefono e mi inguaia pure con quelli», aveva concluso ridendo.

Martino, col tempo, era riuscito a districarsi da solo dal fastidioso effetto popolarità. Un pomeriggio era venuto a sedersi accanto a me, nella mia stanza da lavoro, mentre ero impegnato a fare ricerche da trasformare poi in un libretto turistico sulle abbazie e le pievi disseminate nelle valli intorno.

La cosa mi aveva decisamente sorpreso, perché negli ultimi mesi era entrato davvero poche volte nel mio studio, e perché quasi mai si era seduto accanto a me, fino a poggiare la sua spalla contro la mia. Di solito, anche quando sostavamo nei boschi o ci mettevamo a tavola, restava sempre una certa distanza tra noi. Comunque avevo cercato di mostrare indifferenza.

«Come ti va?», avevo detto continuando a fissare sullo schermo una vecchia foto aerea di Novalesa, il monastero-fortezza sulla via del Moncenisio.

In risposta aveva solo alzato le spalle.

«Lo sai che tre giorni fa ti ho pagato una multa di centocinquanta euro?», l'avevo buttata lì, per vedere la sua reazione. Che non c'era stata.

«Perché?», si era limitato a chiedere.

«Perché ti freghi la legna dal fiume. È contro le regole».

«Le regole sono stupide».

«Non sempre. E se lo fossero, ci si dà da fare per farle cambiare. Ma intanto si rispettano».

Aveva esitato un po', poi aveva detto: «Comunque adesso ti porto i centocinquanta euro».

«E dove li prendi?».

«Dal mio cassetto. Ho dei soldi».

«Come ci sono arrivati nel cassetto?».

«Sono i soldi che Augusto mi dà per i miei lavori».

Lo sapevo, naturalmente. Daniele m'aveva detto già da un pezzo che Augusto ogni mese dava un po' di denaro a Martino in cambio dell'aiuto in stalla e nei campi. Poi c'erano i guadagni delle vendite dei formaggi e dei legni intarsiati ai mercati...

«Ma, per curiosità: con tutta la legna che c'è qui intorno, proprio quella giù al fiume devi andare a prendere? Non si fa una gran fatica a tirarla fuori e a trasportarla?».

«Sì, ma a volte arriva giù dalla montagna legna pregiata, di alberi che non si possono proprio tagliare. Legna buona da scolpire...».

Mi aveva fatto piacere che non avesse negato e avesse lasciato fuori dal racconto il suo complice, prendendosi la responsabilità della faccenda.

«Comunque non ho pagato nessuna multa, era solo per farti venire un po' di fifa...».

«Lo so, sì, sì».

«Lo sai?».

«Se fosse stato vero ti saresti arrabbiato di brutto e me lo avresti detto subito. Ti conosco ormai da tanto, Leo. Ormai ho imparato a capirti e a... a capire come sono fatto, e la cosa mi piace».

Gli avevo dato una spallata amichevole.

«Siamo soci anche in questo; è andata così anche per me. La prossima cosa che potremmo fare, forse la più importante per provare a raggiungere una condizione davvero ottimale, è conoscere un po' di più e accettare anche gli altri per quello che sono. Però mi sembra che anche qui siamo già sulla strada giusta. Quest'inverno, per esempio, abbiamo avuto perfino gente nuova per casa. Siamo diventati, rispetto a prima, un po' più... più...».

«Socievoli?».

«Boh, non so se è il termine giusto, al momento mi pare ancora esagerato. Però siamo più disponibili verso gli altri; pensa, per esempio, a come siamo stati bene con quelli che ci sono venuti a trovare; ti ricordi i due tipi dei cavalli o il professor Rambaldi? E questa non mi pare una brutta cosa... Siamo di sicuro più consapevoli, ed è molto importante».

«Ma cos'è la consapevolezza, proprio?».

«Accidenti, domanda facile, risposta difficile. Uno è consapevole quando riesce a valutare tutte le cose che servono per risolvere un problema, o affrontare una situazione, con la convinzione di farcela, usando gli strumenti giusti per poter fare tutto bene».

«Come quando andiamo in giro di notte nei posti sconosciuti e ci portiamo dietro tutto quel che ci serve».

«Più o meno. Ma non basta. Noi non ci portiamo solo le giacche pesanti, le frontali, i cerotti, le coperte termiche e l'orologio. Studiamo prima il percorso, vediamo dove possiamo ripararci se fa brutto tempo, dove sono i bivi dei sentieri, e controlliamo se le batterie del telefono sono cariche».

«Sì, sì, dici sempre che dobbiamo essere pronti a tutto».

«Sì, ma per essere davvero pronti dobbiamo essere preparati ad affrontare anche gli imprevisti. Bisogna trovare il coraggio e le motivazioni per fare le cose. E sapere che, nonostante tutto – convinzione, attrezzatura, impegno – possiamo non riuscire nelle nostre piccole o grandi imprese».

«Non è facile da capire...».

«Posso farti un esempio?», gli avevo detto dopo averci rimuginato qualche secondo.

«Sì, sì, meglio».

«Ti ricordi il documentario che abbiamo visto l'altro giorno su quegli indios cacciatori che inseguivano i cervi per giorni e giorni fino a sfinirli?».

«Sì».

«Bene. Secondo te perché alla fine riuscivano a raggiungere la preda?».

«Perché erano forti e veloci».

«Chi, quelli? Ma li hai visti? Piccoli, secchi e soprattutto correvano con una lentezza… che io e te andiamo veloci il doppio».

«E allora?».

«Allora te lo dico subito. Perché erano consapevoli delle proprie capacità di cacciatori, perché avevano il coraggio necessario per affrontare i sentieri difficili, la fame e il freddo della notte, e perché avevano un'importante motivazione: catturare il cervo, con il quale avrebbero poi sfamato mezzo villaggio».

Martino era rimasto in silenzio, probabilmente nella sua mente stavano scorrendo scene di caccia nelle sierre del Centro America, dove il documentario era stato girato.

«Ma tutto questo dove si trova?», aveva chiesto dopo un minuto di riflessioni.

«Altra domanda interessante. La consapevolezza nasce dentro di noi e cresce insieme alla sincerità. Non dobbiamo mentire se vogliamo arrivare a svolgere bene i compiti che ci siamo prefissati o ad affrontare le montagne e le persone».

«È la somma di tante cose… è difficile».

«Sì, tante cose insieme. Ma le assorbi piano, nel tempo. Mica devi impararle a memoria in una stagione scolastica. La consapevolezza non si studia né te la regalano per il compleanno… Magari fosse così. A proposito, lo sai che il prossimo dicembre sarà quello dei tuoi diciotto anni?».

«Certo che lo so, cosa vuol dire?».

«Come cosa vuol dire! Diventi maggiorenne e automaticamente, per dirne una, non sarai più in affido. Significa che sarai davvero indipendente, potrai decidere da solo cosa fare e dove andare».

«Devo andare via di qui?», aveva chiesto senza emozione, con uno sguardo vuoto.

«Fammi sentire l'alito».

Aveva fatto un piccolo sobbalzo. «Perché?».

«Per capire se sei ubriaco. Questa qui è casa tua. Sai cosa vuol dire? Ti ricordi quella storia del rassicurante rifugio tra le nuvole?».

«Sì. Mi è sempre piaciuta».

«Ecco, così era e così rimane. Era solo per dirti che non avrai più con me quei legami che ha imposto il Tribunale. Poi sarà solo una tua libera scelta. Magari potresti anche adottarmi; pensa, potrei aggiungere il mio cognome al tuo: Leonardo Guerrieri Rochard». Avevo scritto il nome su un foglio di Word, in Baskerville Old Face, un carattere elegante.

Martino aveva allungato l'indice sul lato destro della tastiera e l'aveva cancellato. «Troppo fighetto», aveva mugugnato, accennando però un sorriso.

«Sì, in effetti è un po' snob», avevo convenuto. «Però potrei scrivere le iniziali LGR sulle camicie».

«Sono circa tre anni che non hai più camicie», aveva detto dandomi un piccolo pugno sulla pancia.

La sera stessa, approfittando delle chiacchierate via Skype, avevo ricordato a Nina di prenotare l'aereo in vista del compleanno di Martino.

«Certo che ci sarò!», mi aveva risposto con entusiasmo. «Così riuscirò anche ad attenuare il mio forte senso di colpa», aveva aggiunto con una risata velata di malinconia.

«Per cosa?».

«Nei vostri confronti, per la casa. Papà, lo sai che siete lì ormai da quasi cinque anni e che ci siamo visti solo poche volte nelle mie toccate e fughe in Europa? E che non ho mai visto una sola volta la casa, se non nei filmati e nelle foto che ogni tanto mi mandi? Mi sa che è ora di finirla di andare avanti a racconti e immagini via computer».

«Non vorrei innescare polemiche, ma noi siamo gli stanziali e tu sei la nomade della famiglia…».

«Certo, lo so che è colpa mia. Ma un po' ho anche preso da te; ti ricordi quando eri sempre via?».

«Per lavoro…».

«Ah, se è per questo anche io».

«Posso dirti una cosa senza che ti arrabbi? Ho pensato spesso che tu fossi andata via da Milano così presto per non stare più con me in quella casa, dopo che tua madre...».

«Non ti sentirai ancora in colpa per non esserci stato quella notte? No, nemmeno una volta ho pensato di fuggire. Ho solo acchiappato le buone occasioni di studio e lavoro che mi sono capitate. Non eravate tu e la mamma a dire spesso che le grandi opportunità difficilmente passano una seconda volta? Perciò se hai ancora dei tormenti è ora di cancellarli definitivamente. Son passati così tanti anni ormai...».

«Sì, lo so. Ma non ho più tormenti, solo nostalgie».

«Questo va bene». Poi ridendo aveva aggiunto: «Non mi dirai che non hai una storia con qualche bella del luogo... in fondo sei un signore single educato, simpatico e ancora belloccio».

«Sì, adesso vengo a raccontare a te le mie faccende amorose... sei mia figlia, mica mia sorella maggiore».

In realtà negli ultimi due anni avevo avuto un paio di storie. La prima a rapido esaurimento, forse per mancanza di energia naturale, di interessi che valeva la pena condividere fino in fondo, di fuochi che rimanessero ardenti e non si trasformassero dopo poco solo in fluttuanti volute di fumo. La seconda andava ancora avanti, senza nessuna volontà di stringere nodi e, forse per questo, anche senza patemi, obblighi, abitudini. Perciò funzionava.

La prima storia d'affetti era nata e s'era spenta nell'arco di una stagione, se non meno. Con Anselma Tampini, Telma nell'intimità, insegnante d'inglese e aspirante scrittrice. C'eravamo incrociati a Susa, per caso, nello stesso giorno e in quattro luoghi diversi: al parcheggio, in un bar vicino Porta Savoia, in banca e alla libreria Panassi.

«Ho visto più lei oggi che mia madre negli ultimi sei mesi», mi aveva detto dopo aver tolto un libro da uno scaffale ed essersi trovata la mia faccia di nuovo di fronte. Avevamo trovato logico, a quel punto, finire la giornata con un aperitivo, raccontandoci piccole cose superficiali dalle quali era nata una storia altrettanto piccola, gentile e volatile. Anche perché io girovagavo sui monti dell'alta valle con scarsissima attitudine alla città e lei viveva nel centro di Torino, tra lezioni di inglese, corsi di pilates e laboratori di scrittura creativa. Incontri brevi, in cui la Anselma svelava fattezze morbide e sguardi intriganti, entrambi concessi senza timidezze. Con lei era poi finita come era cominciata, con un aperitivo, durante il quale mi aveva spiegato che avrebbe passato l'estate tra la Spagna e Parigi, con amici conosciuti alla Scuola Holden. Forse Hemingway aveva esercitato un'influenza eccessiva. Per restare in tema le avevo comunque regalato, con un po' di ironia in sottofondo, un pacco di Moleskine e fatto tanti auguri, con il classicissimo «rivediamoci, quando tornerai da queste parti».

Dopo due o tre mesi avevo avviato una storia più interessante, *stop and go*, come l'avrebbe definita la Telma. Nel senso che era una cosa per niente stabile e men che meno continua. Con Silvana Borgovecchio, direttrice dell'ufficio postale e della attigua biblioteca, proprietaria di una piccola palestra e volontaria della Protezione Civile. La conoscevano e la apprezzavano tutti, perfino Martino.

Mi aveva colpito il suo viso spiccatamente mediterraneo, da degna, degnissima portacolori della Calabria; lineamenti marcati, labbra carnose e sopracciglia nere e lucide, come i capelli. Gli occhi sembravano un covo di fulmini. Per contrasto era una donna solare, e quando apriva bocca e sorrideva chi le stava intorno si sentiva subito meglio. Una guaritrice, specie quando stava a mezzobusto allo sportello postale o appoggiata a uno scaffale di libri oppure seduta alla reception della palestra, perché aveva seni opulenti e convergenti verso ampie scollature a mezzaluna di magliette di due misure inferiori al dovuto. C'erano anziani che preferivano andare a ritirare la pensione a rate settimanali anziché mensili e adolescenti che non potevano fare a meno degli impolverati libri della biblioteca seppure ben dotati di altri strumenti per documentarsi. Se la palestra funzionava bene era anche merito suo e non certo degli spazi angusti e dei pochi sgangherati attrezzi a disposizione dei clienti.

L'ufficio postale era l'unico edificio pubblico che frequentavo volentieri, almeno tre volte al mese, per via dei miei libretti che dovevo spedire ai rivenditori o ai privati che li avevano ordinati via Internet. Per questo avevo conosciuto la Borgovecchio e avevo iniziato a scambiare con lei qualche battuta e qualche sorrisetto privo di malizia. Dopo qualche tempo, nel ruolo di organizzatrice di iniziative per tenere in vita la biblioteca, mi aveva invitato a presentare ufficialmente la mia attività e le mie *opere*, come le chiamava lei, anche se si trattava della raccolta degli itinerari in Val Troncea e in Valle Argentera o la guida pratica dell'escursionista. Dopo una sua concisa presentazione dovevo prevalentemente raccontare, in maniera semplice, la vita di un libro, dall'idea alla vendita, vista ovviamente dalla parte dell'autore. Aveva fatto stampare anche una trentina di locandine, con un mio primo piano rigorosamente sfocato, rintracciato tra vecchie immagini finite chissà come su Google. Le aveva fatte incollare, oltre che alle bacheche comunali e sui pali della luce, nelle vetrine del supermercato, del chiosco di benzina e all'ingresso del piccolo cimitero. «Tanto è lì che la gente passa tutti i giorni». Una vera esperta di marketing.

Così una sera, dopo cena, avevamo spostato ai lati della stanza tavoli e scaffali e avevamo sistemato le sedie ad anfiteatro. Alle ventuno, come da programma, avevamo cominciato, con una quarantina di persone. Per lo più anziani che avevano un'oretta di tempo da far passare, in attesa del sonno ristoratore. Alle ventidue e trenta sarei potuto essere già quasi a casa. Martino era rimasto nel suo caldo regno domestico; la paura di restare da solo non lo aveva mai sfiorato in tutta la sua vita, o almeno così aveva sempre dato a vedere.

Era andato tutto liscio, anzi, piuttosto bene; avevo intravisto diverse espressioni interessate e tre o quattro persone avevano anche fatto domande pertinenti. Nel complesso solo un paio di appisolati, uno sfacciatamente in prima fila; una media più che accettabile.

Alla fine tanti ringraziamenti, saluti collettivi e tutti a casa, anche se un po' a rilento, perché in quel momento un temporale di passaggio aveva pensato bene di scaricare dalle proprie stive tuoni e scrosci. Arrivato alla macchina avevo avuto una pessima sorpresa: una gomma a terra. Ormai ero già fradicio, con l'acqua nelle scarpe, e così, alla luce timida del lampione, m'ero messo ad armeggiare intorno ai bulloni del cerchione, incrostati da ruggine e fango, fin quando una Panda s'era avvicinata lentamente fino a fermarsi. Il finestrino si era abbassato e avevo sentito la voce squillante della Borgovecchio.

«Serve qualcosa?».

«Una doccia bollente e un meccanico!», avevo risposto con un po' d'affanno, mentre ero ancora inginocchiato.

«Al primo desiderio possiamo provvedere subito, per il secondo bisogna aspettare domattina. Salti su», e mi aveva spalancato lo sportello.

«Le allago la macchina!».

«Si muova, dai». Il suo sorriso l'avevo appena intravisto, ma era stato convincente.

La minuscola quattro per quattro si era inerpicata fuori dal paese per qualche tornante, fino a infilarsi sotto il portico di una villetta mimetizzata in un boschetto di salici e faggi. La Borgovecchio, nel tragitto, dandomi subito del tu, mi aveva spiegato di essere vedova da tempo, con due figlie universitarie che studiavano a Berlino.

«Ecco», mi aveva detto appena dentro, in una stanza tutta in legno, «fatti pure una doccia, che ti vedo infreddolito». Mi aveva piazzato tra le mani una pila di asciugamani e mi aveva indicato una porta.

Ero rimasto sotto la doccia un bel po', tra profumi di shampoo e creme e vapori che appannavano i vetri e i pensieri. Quando ero uscito avevo il colore di un'aragosta in padella, non so se per l'acqua bollente o per la situazione. Ero tornato timidamente nel soggiorno avvolto negli asciugamani. Tra tonalità della pelle e abbigliamento mi ero sentito molto un sadhu indiano.

La padrona di casa aveva intanto acceso il caminetto e appoggiati lì davanti, sulla spalliera di due sedie affiancate, i miei vestiti.

«Ma io...».

«Io che? Non vorrai rimetterti quella roba bagnata? Aspetta che si asciughino almeno un po'... Intanto faccio anch'io un passaggio veloce sotto la doccia e preparo qualcosa da bere. Tè, caffè, liquore? Poi per tornare a casa ti presto la mia macchina, solo che domattina presto ne avrò di nuovo bisogno».

Non aveva aspettato repliche e si era diretta verso il bagno con un passo leopardesco che aveva l'aria di essere del tutto naturale.

Mi ero girato intorno un po' spaesato, avevo guardato sommariamente alcune foto incorniciate appoggiate su una cassettiera antica, dei libri sparsi, la stampa leggermente storta di una città di mare. Avevo scostato le tende. Fuori era buio, le luci delle case più vicine, deformate dalle gocce che si inseguivano sul vetro in direzione sud, erano sotto, nella valle, e si sentiva ancora la pioggia martellare la tettoia del garage.

Martino, cavolo!

Avevo composto un SMS frettoloso.

«Ciao, ho bucato una ruota, sono quasi annegato sotto il temporale e adesso sono dalla signora Borgovecchio ad asciugarmi. Arriverò un po' più tardi del previsto. Va bene? Per te è ok?».

Poi mi ero seduto sul divano, con il cellulare tra le mani in attesa della risposta.

«Qui tutto ok, non ti agitare. Sono già a letto. La Borgovecchio ha un bel fisico, ed è caldo».

«E tu come lo sai?».

«Una volta in biblioteca mi ha abbracciato. Forte».

Stavo per replicargli, ma la padrona di casa era entrata in soggiorno. Capelli umidi e lucenti, piedi nudi, accappatoio tenuto socchiuso da una cintura lasca. Mi era passata davanti seguita da una scia profumata, per andare in cucina. Ne era ritornata quasi subito con due bicchieri di vino rosso in mano.

«Ti sei ripreso?». Lo aveva chiesto con un sorriso da cardiopalmo, dopo aver estratto dall'accappatoio, fino all'inguine, una gamba soda e affusolata.

«Certo, grazie», avevo risposto cercando di darmi un tono. Madonna, che caldo. I seni beccheggiavano, erano lì lì per affacciarsi dai lembi semiaperti dell'accappatoio. «Non ci sono cure per la curiosità», diceva la scrittrice Dorothy Parker. «Dove le porte sono accostate la morbosità è di casa», diceva mia madre.

Mentre mi aggiravo tra le citazioni per cercare di distrarmi dalla realtà, la Borgovecchio mi si era piazzata davanti con i due bicchieri, mi aveva sorriso di nuovo e poi, con una movenza lenta, si era seduta a cavalcioni sulle mie ginocchia, avanzando gradualmente. Movimento magico che le aveva fatto scivolare l'accappatoio dalle spalle. «Alla salute», aveva detto.

Poi era stato come un violento maremoto, un'esplosione dei sensi tenuti a lungo sottovuoto, un cannoneggiamento d'artiglieria euforico, inaspettato e intenso; anche se avevamo raggiunto molto presto l'armistizio, con soddisfazione quasi attonita da parte di entrambi.

Con quel corpo flessuoso abbandonato di traverso sul divano, un lieve affanno e lo sguardo percettibilmente tremolante, la Borgovecchio sarebbe stata capace di rimettere in piedi anche il Pelide Achille con tanto di freccia avvelenata già infissa nel tallone. Così avevamo scoperto che l'armistizio, in realtà, era stato soltanto una breve tregua. C'era stato, infatti, un quasi immediato secondo round, questa volta più prolungato e meno irruento, puro sesso da manuale, con agili cambi del fronte e delle posizioni. L'alba ci aveva scoperto abbracciati e assonnati nel grande letto, dopo l'ennesimo corpo a corpo, sequenza, questa volta, di sfioramenti e tenerezze.

Più che l'alba, in realtà, era stata la Protezione Civile. Era squillato infatti il cellulare, Silvana l'aveva rintracciato a tastoni, aveva ascoltato per qualche secondo, poi, con aria sonnacchiosa, aveva risposto solo: «Fra cinque minuti mi faccio trovare fuori dalla porta».

«Dove vai?». Non "come stai" o "ti è successo qualcosa", ma "dove vai".

«C'è stata una piccola frana sulla strada per Sestriere e siccome è la mia settimana da caposquadra, mi tocca andare. Mi passano a prendere fra un attimo...». Un bacio dolce un po' aggressivo e via, in un lampo.

Uscendo mi aveva gridato: «Prendi pure la macchina, io poi mi faccio accompagnare in ufficio».

Mi ero alzato anche io, altrimenti sarei rimasto piacevolmente fuori combattimento, tra quelle lenzuola calde e odorose, chissà fino a che ora o a quale giorno. Quando ero entrato a casa, Martino stava ancora dormendo. Così ero uscito nel prato a telefonare al meccanico, da queste parti piuttosto mattiniero.

Nel primo pomeriggio avevo portato la macchina della direttrice nella piazzetta delle Poste. Dentro, allo sportello, aveva davanti la solita fila di gente in contemplazione. Le avevo fatto solo un cenno da lontano, poi dei gesti da direttore d'orchestra per farle capire di aver lasciato le chiavi in una busta, sotto il sedile.

Sul retro della busta avevo scritto: «Il meccanico ha detto che anche le altre ruote della mia auto sono consumate e che presto le sfascerò. Dimmi perciò che strade farai, mentre io spererò di nuovo nella pioggia».

Non c'era stato bisogno di arrivare a tanto. Ci eravamo incontrati altre volte senza il supporto di un temporale o la necessità di dover cambiare gomme bucate.

Un rapporto appagante sotto tutti gli aspetti. Non tradivamo nessuno, non dovevamo rendere conto a chissà chi e soprattutto concordavamo nel non lasciarci avviluppare da quei legami sentimentali che ci avrebbero obbligati a compromessi, rinunce, scelte. Eravamo liberi di vederci, di stare insieme, di staccarci senza inganni, di aiutarci. Senza patemi, senza mai pretendere. La parola d'ordine era: leggerezza.

Era andata avanti così per tre o quattro mesi. Un giorno, dopo un paio di settimane che non ci si vedeva – solo una mezza dozzina di brevi SMS affettuosi –, ci eravamo incontrati per caso, in un negozio di sport, tra gli scaffali su cui stavano allineate decine di modelli di scarpe colorate. Non era da sola, ma con un tipo apparentemente a ridosso dei settant'anni, di un'eleganza d'altri tempi, dai modi pacati.

Ecco uno dal portafoglio ben dotato, avevo pensato. Azzeccandoci. Eravamo andati al bar vicino e, intingendo la brioche alla crema nel cappuccino, lei mi aveva detto con disinvoltura che presto lei e Riccardo Cardinali, l'ingegnere biellese lì presente, appunto, si sarebbero sposati. Lui, fissando il suo orzo macchiato, aveva semplicemente annuito, con compiacimento, quasi aspettando un mio piccolo applauso.

Fine del gran festival del sesso libero, mi ero subito detto. Non mi dispiaceva solo per questo, ma anche perché la Borgovecchio era comunque una donna interessante, simpatica, sorridente, sempre positiva e particolarmente generosa. Questo però lo scoprii subito dopo il suo ritorno dal viaggio di nozze. Lo avevano trascorso su un postale norvegese, due settimane di lenta navigazione sotto una pioggia uggiosa. Lui era fatto così, amava i plumbei paesaggi dei fiordi e le immense pareti di granito a picco sui mari del Nord.

Insomma, avevamo ricominciato a incontrarci e a fare sesso con la ritmica di prima, anzi, forse ancora più accentuata, anche se con una frequenza decisamente inferiore. Per forza. Ma quando decidevamo di vederci la dose di entusiasmo e di lievità che ci mettevamo era sempre all'altezza, mai un cedimento o una sottrazione di carezze e di sorrisi gentili. Mi sentivo in colpa? Mi ero dato una risposta secca, come quelle di Martino: no. Silvana, la direttrice, sapeva "dirigere" alla perfezione.

«Sai, mio marito è come una specie di satellite in orbita. Ogni tanto lo cattura qualche flebile forza di gravità e prova a stringere la traiettoria, ad avvicinarsi. Ma niente di più», mi ripeteva quasi ogni volta.

A me l'ingegnere stava pure simpatico. A Martino per niente.

La prima volta che lo avevamo incontrato in giro, durante una delle nostre abituali escursioni nei boschi sopra Oulx, il Cardinali gli aveva improvvisamente piazzato una manona sopra la testa strapazzandogli energicamente i capelli in un gesto che voleva essere affettuoso e familiare: a Martino, che l'unica abitudine da Asperger che aveva era proprio quella di accarezzarsi e sistemarsi costantemente il ciuffo sopra la fronte, e che se qualcuno solo accennava a sfiorargli una spalla o peggio, a fargli una carezza, recalcitrava, con mugugni e sguardi velenosi. Quella volta, avesse avuto il suo coltellino a portata di mano, il Cardinali lo avrebbe probabilmente spellato.

Una sera, dopo averlo incrociato a Torino sotto i portici di piazza Carlo Felice, l'ingegnere mi aveva offerto pure un passaggio in macchina fin quasi a casa. Ero stato ben contento di non dovermi sorbire le dodici fermate del treno locale per Bardonecchia e poi il tragitto in autobus, ma per tutti i novanta chilometri di strada non aveva smesso un attimo di raccontarmi delle qualità della "sua signora", di quanto era stato fortunato, di quale senso estetico e morale, oltre che di mille altri pregi collaterali ma non meno importanti, lei fosse dotata.

«Io sono anziano, dottor Guerrieri, tra me e Silvana passano più di vent'anni, lo so bene. Mi accontento di briciole di felicità. Ma sono sicuro che mia moglie potrà comunque fare sempre affidamento sulla sua solida amicizia. Mi parla sempre un gran bene di lei».

«Ingegnere, stia tranquillo».

Sempre più spesso io e Martino uscivamo la sera. Stavamo in giro per ore per sentieri e praterie, anche quando non c'era la luce incoraggiante della luna. Col tempo ci eravamo abituati a vedere nel buio, così le lampade frontali le accendevamo solo quando il bosco si faceva davvero impenetrabile e c'era il rischio di infilare i piedi in qualche buca o sotto una radice, oppure per evitare di inciampare in qualche filo spinato arrugginito o nelle travi marce attraversate dai chiodi, quando passavamo accanto ai muretti a secco, coperti da sterpaglie, che un tempo sostenevano orti e piccoli campi di canapa, o alle pareti smozzicate di baite in rovina disseminate al bordo di ripide strade carrabili non più in uso. Proprio la luce delle frontali aumentava il fascino e il mistero di quelle rovine, penetrando negli angoli più reconditi e alimentando le ombre. Esploravamo con passo felpato, quasi per non disturbare, le piccole stanze spoglie e annerite dal fumo, le stalle con i pavimenti ancora disseminati di letame secco e di foglie, i minuscoli ripostigli interrati. Facevamo congetture su chi poteva aver abitato quei luoghi, immaginavamo la quotidianità della borgata, i camini accesi negli inverni senza fine, le storie tramandate. Sentivamo quasi le risate sommesse dei bambini e i lamenti e i sospiri per la vita grama che sembrava non progredire mai, ma che finiva troppo presto, con l'abbandono o la morte. Quasi mai, in quei posti, si riusciva a diventare davvero vecchi.

Ma ai confini delle radure avevamo imparato a convivere con le ombre nel loro regno, a sentire il terreno, a individuare gli ostacoli, gli avvallamenti e le sagome fugaci degli animali. Anche noi, come loro, volevamo vivere la notte, viaggiare nel silenzio e trascorrere il giorno nel nostro nascondiglio, da cui muoverci rapidamente solo in caso di necessità o di pericolo.

Le ore di cammino nella notte erano le preferite di Martino. Nessuna domanda, nessuna parola, solo occhi spalancati, piccoli gesti e passi misurati per non fare rumore; inizialmente impacciati poi sempre più fluidi, naturali fino a essere parte di quel momento e di quell'ambiente. Come i rami sottili d'arbusto che tremolano al vento lieve, un cumulo di neve che diventa liquido e trasparente e si immerge nella terra, un pipistrello in caccia che sfreccia silenzioso tra gli alberi. I nostri sicuri cammini notturni, ben diversi da certi nebbiosi e inquietanti ritorni a casa nelle serate milanesi, erano contemplati da Martino come "la manutenzione dei sensi".

Una domenica d'ottobre, tornando tardi da una di queste escursioni al buio, ci eravamo fermati a cena da Barba Gust. Era un po' che non ci capitavamo. L'agriturismo aveva avuto un'estate affollata e non c'era mai sembrato il caso di andare lì per essere magari d'impiccio.

Coi primi freddi e le giornate meno lunghe, gli escursionisti del fine settimana avevano cominciato a rintanarsi nei centri commerciali o nelle trattorie delle borgate a fondo valle, lasciando a noi le magie della natura autunnale e i piaceri di cene meno frettolose e di chiacchiere di nuovo fluide e lente, con le gambe stese sotto il tavolo o appoggiate al bordo della panciuta stufa. Persino Martino aveva iniziato a mostrare minore insofferenza. Anzi, mi sembrava che provasse anche un certo gusto nello stare a tavola più a lungo, sempre senza parlare molto, ma più attento e interessato ad ascoltare le mie conversazioni con Daniele o con qualche avventore locale che ci eravamo abituati a vedere in giro, per le borgate intorno.

Quella sera ai tavoli c'eravamo noi due, tre coppie di anziani francesi via via intristiti dai calici eccessivi di vino, un padre e una figlia separati dai rispettivi cellulari, e una donna sola, in un tavolo quadrato contro la parete grezza di fondo, dove un tempo c'era stata la mangiatoia. Non avevo potuto fare a meno di guardarla, seppur di passaggio. Non tanto per il suo viso malinconico, ma perché aveva appoggiato, sulla sedia accanto, uno zaino scuro particolare che mi era stato familiare, perché ne avevo avuto uno uguale, con l'interno a scomparti. Era stato il mio bagaglio inseparabile quando avevo girato il mondo – Africa, Sud America, isole asiatiche –, zeppo di macchine e obiettivi fotografici per i miei servizi da vendere ai giornali. Tempi remoti, ormai. Un lucido cavalletto d'alluminio addossato al muro aveva comunque tolto ogni dubbio. La donna, che quando ci eravamo messi a tavola doveva appena aver finito di cenare, aveva passato il suo tempo a scrivere su un quadernetto, con aria riflessiva. Ogni tanto aveva alzato lo sguardo e lo aveva girato intorno, come a voler registrare l'ambiente, fermandolo a volte, per qualche secondo in più, su noi due.

«Socio, mi sa che hai fatto colpo sulla bella signora», avevo detto sottovoce a Martino dandogli di gomito mentre stavamo affrontando un dolce che Daniele ci aveva appena offerto.

Lui l'aveva radiografata con lo sguardo, poi aveva alzato le spalle e aveva guardato me con atteggiamento insofferente.

«Non mi dire che è brutta o vecchia, perché a vederla non si direbbe», avevo giocato d'anticipo.

«Non mi piace», aveva risposto affondando il cucchiaio nel *bunet* che sapeva di Fernet e amaretti, come nelle vecchissime ricette della casa. Comunque fine, la conversazione sulla donna triste s'era subito estinta.

Dopo un po' lei aveva raccolto le sue cose, aveva ficcato la testa oltre la tenda della cucina per salutare i padroni di casa e se n'era andata. Dalla soglia aveva poi guardato anche noi e aveva mormorato un frettoloso «buonasera», richiudendosi alle spalle la pesante porta di legno, senza darci il tempo di rispondere.

«Amica vostra, quella uscita poco fa?», avevo chiesto a Daniele quando, una volta andati via tutti i clienti, si era seduto al nostro tavolo con la solita bottiglia di liquore fatto in casa e tre bicchierini. Un rito per allungare la cena all'infinito, con le grappette profumate e le chiacchiere leggere, entrambe volatili.

«No, una cliente, mai vista prima. Arrivata tre giorni fa».

«Sarà un'amante dei paesaggi autunnali...».

«Chi lo sa; finora l'ho solo vista aprire e chiudere nervosamente cartine della zona e pulire le macchine fotografiche spruzzandoci dentro una specie di gas da una bomboletta. Passa gran parte del tempo in camera, per quel che ne so, e scende solo a mangiare».

«Come si chiama?», aveva chiesto Martino.

«Ehi Rochard», aveva detto Daniele accennando a un piccolo brindisi, «non posso mica dirtelo, qui la privacy dei clienti è sacra. Comunque si chiama Elena Ferrari, è di Milano e ha quarantasette anni. Ben portati, direi. Tu che ne dici?», aveva concluso rivolgendosi a Martino.

«Vecchia», aveva risposto lui.

«Se ti sente l'Elisabetta, che ha la stessa età», aveva sussurrato Daniele avvicinandosi al suo orecchio ma indicando la cucina, «viene di qua e ti prende a padellate».

Al terzo giro di liquore alla genziana, in cui il dosaggio d'alcol doveva essere sfuggito di mano al Gustu, ogni labile indizio sulla signora Ferrari era comunque svanito.

L'avevo però rivista un paio di giorni dopo, in una delle mie salutari uscite mattutine. Era in una valletta dall'erba alta dove, a volte, andavano a passare la notte i caprioli. Camminava con passo furtivo, fermandosi spesso, come qualcuno che cerca qualcosa. Io stavo più in alto, ai margini di un bosco, a circa duecento metri, e l'avevo centrata per puro caso nelle lenti del binocolo. Aveva il teleobiettivo a tracolla, ogni tanto lo alzava come a voler inquadrare un soggetto o uno scorcio da fotografare. Nel guardarsi intorno lo aveva puntato anche verso di me. Con un saltello istintivo mi ero nascosto dietro il tronco di un larice. Ero rimasto per un po' incerto se uscire allo scoperto, nel pratone sottostante, e scendere verso di lei con aria indifferente, oppure se continuare il mio giro alto e pensare agli affari miei. Avevo optato per la seconda soluzione, anche perché quella era una delle mie giornate inquiete, nelle quali, senza motivo, mi prendeva la frenesia di andare a ritmo svelto ma senza una meta. Un sentiero, un crinale, e via. A volte mi mettevo perfino a correre, come a volere arrivare in fretta in un posto, spesso una cresta, un dosso. La felicità poteva essere semplicemente una salita ripida e un panorama nuovo. Oltre ogni dorsale o cima c'era sempre qualcosa da scoprire, se non altro quella sensazione iniziale di vuoto e di immenso che ti prende alla testa.

Altre volte, invece, mi veniva di fare l'esatto contrario: andare a passo lento, sforzandomi quasi di non fare pressione sul terreno, specie quando la testa veniva occupata da Chiara. In quei casi la meta era quasi sempre la stessa e la raggiungevo senza rendermene conto, anche se ogni volta partivo da un posto diverso: una radura erbosa, alta e soleggiata, quasi sospesa tra due valli dai fianchi morbidi. Era uno dei nostri terrazzi panoramici preferiti; ci si buttava sull'erba a riprendere fiato, a mangiare un panino o a schiacciare tra lingua e palato le fragole piccole e dolcissime raccolte a manciate lungo il tracciato. A raccontarci piccole cose che altrove non avrebbero avuto lo stesso valore, guardando le montagne tutt'intorno e scoprendo ogni volta particolari inediti.

«Sono i dettagli che fanno grande un quadro», diceva spesso lei quando ci soffermavamo su un paesaggio per sfidarci a chi ne trovava l'aspetto più insolito.

Lì, su quel prato sopra i 2.500 metri, in un giorno ventoso e terso avevo anche lasciato andare dal palmo della mia mano le sue ceneri. Non era una cosa lecita, lo sapevo, ma l'avevo fatto lo stesso. Sicuramente lei era più contenta così, piuttosto che stare immobile, polvere raggrumata in un luogo angusto, al buio, senza alberi, prati e nuvole intorno.

Ogni volta che arrivavo in quel punto mi fermavo e stavo lì a lungo, quasi senza respirare. Sapevo che non avrei mai più sentito il calore delle dita intrecciate quando ci prendevamo per mano o il gelo dei suoi piedi quando, stando sdraiati sull'erba, me li ficcava sotto il maglione per scaldarli. Ero consapevole che i ricordi sarebbero stati sempre più ovattati. Ma a volte, tendendo l'orecchio, mi sembrava di sentire chiaramente, sul sentiero, appena dietro di me, lo scricchiolio del suo passo lento e regolare e perfino il suo respiro. Quieto, nonostante lo sforzo per la salita.

Quel prato nascosto dagli abeti, ma molto vicino al cielo, era un po' il mio piccolo luogo solitario della memoria. Il posto dove il dolore si era tramutato prima in rimpianto e poi, col tempo, in nostalgia. Con quest'ultima almeno provavo a conviverci, a volte riusciva perfino a piacermi. Il dolore e il rimpianto, per le cose a lei mai dette o con lei mai fatte, mi erano invece insopportabili. Ma poi, col tempo, s'erano attenuati fin quasi a sparire dentro la terra.

Era stato poi Martino a tirare in ballo di nuovo la Ferrari. La sera dopo, mentre mangiavamo seduti sul tappeto, in una specie di picnic da salotto, per inaugurare la prima accensione autunnale del camino.

«Quella lì è davvero nevrotica», aveva detto a un certo punto, interrompendo gli ultimi suoi dieci minuti filati di silenzio.

«Quella lì chi?».

«La milanese».

«Dove l'hai vista?». Mi aveva incuriosito davvero.

«Dal Gustu. Non ti ricordi che abita lì, all'agriturismo? Oggi pomeriggio è venuta in stalla. Mi ha anche chiesto se poteva fare delle foto mentre mungevo».

«E tu?».

Martino aveva fatto una smorfiaccia e si era sistemato il ciuffo ribelle.

«Le ho detto "sì, ma non si avvicini troppo, spaventa le bestie". Ma mi sono pentito».

«Perché? Che ha combinato?».

«Si muoveva da tutte le parti, sempre più addosso; ha pure inciampato in un bidone del latte e ne ha rovesciato un po'. E poi si è messa a fare domande e domande... Una tipa molto fastidiosa».

«Domande del tipo?». La mia curiosità era aumentata.

«Da dove veniamo, cosa facciamo, perché siamo arrivati qui... Niente, così; nervosa», aveva concluso allungandosi verso il camino per soffiare sulla brace e riattizzare le fiamme. Poi era rimasto a guardarle per un bel po', ma dando l'idea di essere andato altrove. Di nuovo muto, con l'aria stanca, persa. Quando faceva così non riuscivo ancora a capire se era solo assente, se stesse viaggiando da qualche parte, se era semplicemente infelice. Oppure se ero io a preoccuparmi troppo.

Casualità o destino? Fatto sta che Elena Ferrari l'avevo rivista di nuovo, qualche giorno dopo, questa volta lontano da casa, nel Gran Bosco di Salbertrand. L'incontro era stato ravvicinato e inevitabile, perché lei era seduta in un angolo nel piccolo giardino davanti al rifugio Arlaud. Quel giardino era protetto dal vento e dagli sguardi di chi passava lungo il sentiero da muretti a secco che sostenevano arbusti e vasi di ciclamini. Io ero entrato senza notarla e avevo lasciato cadere rumorosamente lo zaino per terra, emettendo una specie di gemito che voleva essere di soddisfazione per essermi tolto tutto quel peso dalle spalle. Doveva essere stato un verso buffo, il mio, perché avevo sentito ridere; così m'ero voltato e l'avevo vista.

«Mi scusi, aveva un'espressione così strana! Lei è lo scrittore, vero?».

«Scrittore, parola grossa. Come lo sa?», le avevo chiesto immaginando già la risposta.

Lei mi aveva rivolto il suo sguardo lieve, con due piccoli ventagli di rughe sottili agli angoli degli occhi.

«L'agriturismo del signor Bermond non è un blindato grand hôtel nel cuore finanziario di Ginevra. Anche se ci si sta molto meglio».

«Lei frequenta l'alta finanza?», la domanda aveva intenti ironici.

«Io? Mai conosciuto nessuno se non l'impiegato allo sportello della mia banca», aveva risposto.

«Immagino che Bermond le abbia detto: "Cara signora, qui la privacy è sacra". E subito dopo le avrà fatto il mio nome».

«Così», e aveva riso di nuovo, con spontaneità.

«Ha già ordinato qualcosa?», avevo domandato sedendomi al suo tavolo.

«Un caffè; ci vuole un po', lo fanno con la moka...».

«Un caffè della moka alle undici e mezzo del mattino? Non ci siamo, non ci siamo!». Mi ero alzato quasi di scatto ed ero andato nel rifugio, sul lato opposto del sentiero, e avevo messo la testa oltre la soglia della minuscola cucina per cambiare l'ordinazione.

La donna che gestiva il rifugio, gentile e allegra, era arrivata al tavolo dopo un po' con due piatti fumanti di polenta grezza e formaggi profumati e cremosi. Li aveva messi di fronte a noi senza dire parola e se n'era tornata tra i fornelli.

La Ferrari mi aveva guardato tra il preoccupato e il divertito.

«Be', che c'è? Siamo più vicini all'ora di pranzo che a quella della sveglia. Sì, un po' in anticipo, magari, ma tanto non viene più nessuno... non ha fame?».

«E se la polenta non mi piacesse?», aveva chiesto con tono brillante.

«Mangerei anche la sua porzione e riordinerei il caffè. Ma oggi non c'è molto altro, di solito qui si riforniscono per il fine settimana, con la speranza che arrivi qualcuno. Fra poco sarà autunno vero, con le brinate e il freddo che comincia a penetrare, e di escursionisti se ne vedranno sempre meno».

«E lei come mai è qui?».

«A farle concorrenza. Fotografie. Un editore con cui

collaboro sta facendo una serie di libri sulle Alpi e ogni tanto mi chiede qualche immagine di foreste e di animali. Il Gran Bosco, che è tutta l'area qui intorno, è una specie di mecca per i cervi, i caprioli, i camosci e gli stambecchi, che però stanno di casa più su. Sembra che in questa stagione si radunino tutti su questo versante. Anche se a dire la verità, sono salito a piedi per tre ore e non ho visto nemmeno uno scoiattolo».

«Comunque mi piace», aveva assicurato lei, con un altro sorriso.

«La mia faticosa e improduttiva salita?».

«No, la polenta con il formaggio; visto che ci siamo, perché non ordiniamo anche due bicchieri di vino rosso?».

Sorseggiando il vino leggero, nella quiete di quel giardino riparato e in una giornata tersa, Elena Ferrari mi aveva raccontato i motivi della sua presenza tra quelle montagne.

Viveva a Buenos Aires, nell'elegante quartiere della Recoleta, ma probabilmente ancora per poco. Si stava infatti attrezzando per poter tornare a Milano, in una gentilizia casa di famiglia di corso Vercelli rimasta vuota per molto tempo.

Negli ultimi anni aveva girovagato un po' ovunque, fotografando paesaggi e luoghi che avessero un interesse ambientale o storico, ed era arrivata dalle nostre parti per conto di una colta casa editrice appartenente alla pluricentenaria Universidad de Buenos Aires, che l'aveva incaricata di realizzare un servizio sulle strade dei Valdesi. Anzi, su quelle de la Glorieuse Rentrée, 'il Glorioso Rimpatrio', percorse avventurosamente, verso la fine del

Seicento, da qualche centinaio di ugonotti e di seguaci di Pietro Valdo intenzionati a rientrare in quelle vallate del Piemonte occidentale da cui erano stati esiliati perché considerati eretici da papi e cardinali.

Durante questo ritorno a casa, i Valdesi se le erano date di santa ragione con l'esercito francese, avevano vinto e avevano potuto finalmente raggiungere le borgate alpine e i campi di montagna che solo loro erano stati capaci di coltivare.

Lo scontro armato era avvenuto proprio a Salbertrand, il piccolo comune di fondovalle ai due lati della statale verso il Frejus e proprio sotto l'Arlaud, circa ottocento metri più in basso.

Dopo pranzo eravamo saliti lentamente per qualche centinaio di metri nei boschi sopra il rifugio, quasi senza parlare per non spaventare qualche animale che speravo ancora di incrociare. Ma non ero stato fortunato. Lei invece aveva potuto scattare qualche immagine dei panorami, sempre più ampi, e dei sentieri percorsi oltre quattro secoli prima dai Valdesi. Dopo tre ore eravamo tornati al rifugio e avevamo bevuto il caffè della moka. Poi eravamo rimasti seduti fuori ancora un po' e lei mi aveva chiesto di Martino. Ero stato vago, mi ero limitato a dirle che quel mattino non era andato a scuola ma a dare una mano ad Augusto Bermond nel mettere su il banco dei formaggi al mercato di Bussoleno, verso Torino. Ben presto avevo riportato la conversazione su Salbertrand, dove mi ero offerto di accompagnarla passando per qualche strada secondaria, se fosse rimasta ancora qualche giorno. Alla fine ci eravamo scambiati i numeri di telefono e ci eravamo salutati con una formale stretta di mano. Le macchine le avevamo parcheggiate in due posti diversi, quasi ai lati opposti della montagna, così eravamo scesi per viottoli e direzioni differenti.

Di Elena Ferrari e della mia offerta mi ero dimenticato già al mattino dopo. Anche perché io e Martino eravamo andati a Milano, al tribunale, per capire quali sarebbero state le cose da fare quando *il minore in affidamento* di lì a poco avrebbe raggiunto la sua maggiore età. Rimettere insieme la nostra pratica fu una faccenda lunga e articolata, perché avevamo avuto l'ulteriore conferma che una parte dei vecchi documenti erano andati persi da tempo. In compenso non c'era traccia nemmeno della denuncia firmata da Adalberto Piano, il magistrato che mi aveva accusato di aver *abbandonato* il suddetto minore.

Io e Martino, seduti davanti a una sprovveduta dirigente, c'eravamo divertiti molto ad ascoltare il caotico via vai di telefonate, in cui ogni interlocutore scaricava le proprie responsabilità su quello successivo. Martino ogni tanto interveniva: «Signora, ma non potevate usare i computer per registrare le pratiche?». Oppure: «Avete mai provato a chiedere dove sono finite a quelli che ritirano la carta straccia?».

«Lei la smetta di fare lo spiritoso», gli aveva risposto ogni volta la dirigente, alzando l'indice sempre più in alto, come una lancetta indicatrice del suo livello di imbarazzo. Non sapeva che Martino era serio. Quelle erano le sue domande. Al termine della mattinata, durante la quale ci era sembrato di essere stati a teatro, avevamo gettato nel panico tre o quattro uffici e una mezza dozzina di funzionari. Alla fine ci era sembrato anche divertente.

Nessuno comunque aveva saputo darci risposte esaurienti ed eravamo dovuti ripassare il pomeriggio del giorno successivo. Poi, visto che ormai eravamo lì, avevamo prolungato il soggiorno ancora di un paio di giorni. Mi ero messo in testa di girare per qualche libreria e soprattutto avevamo scoperto che nei padiglioni della vecchia Fiera Campionaria, proprio a due passi dal nostro B&B cittadino, c'era una specie di gran bazar del bricolage. Per Martino, l'isola del tesoro. Eravamo così tornati a casa con qualche libro nuovo e con una sacca piena di attrezzi da intaglio, raspe da legno, chiavi inglesi, pennelli, vernici e colle magiche e due, tre chili di opuscoli che presto sarebbero finiti nel camino.

La sera stessa del nostro ritorno in valle e fino a notte fonda, Martino s'era messo freneticamente a lavorare, nel chiuso della sua stanza-laboratorio, intorno a una fetta rotonda di un tronco spessa almeno due dita. Poi le aveva dedicato anche l'intero pomeriggio del giorno successivo. Così, tanto per prendere confidenza con i nuovi strumenti.

Dopo cena, mentre me ne stavo allungato sul divano davanti al camino ascoltando Leonard Cohen, mi aveva fatto vedere con un certo orgoglio la sua nuova opera: un bellissimo fiocco di neve, grande come un piatto, intarsiato, con le ramificazioni dentellate e decorate alla perfezione.

«Gran bel lavoro Marti; sei forte, come scultore!».

«Incisore», mi aveva corretto. «Ti piace veramente?».

«Moltissimo».

«Anche a me».
«Guarda. Con questo pezzo d'arte al mercato ci fai un sacco di soldi...».
M'aveva guardato strano, seccato.
«Al mercato? Io avevo pensato di regalarlo a te».
Non appena aveva finito di dirlo, aveva preso il fiocco di neve che profumava di legno fresco e lo aveva buttato sul fuoco del camino.
«Ma...».
«Il fiocco di neve è la testimonianza più forte ma anche più mortale della natura. Il tempo di arrivare a terra e la sua forma perfetta e unica, perché diversa da quella di qualsiasi altro fiocco di neve che sta cadendo accanto, è già distrutta. Perciò devi saperlo apprezzare nel brevissimo tempo che esiste».
Così aveva parlato Martino Rochard. Poi aveva girato i tacchi e se n'era andato a dormire. Certo, era stata solo una combinazione, ma Leonard aveva attaccato proprio in quel momento «*Moving cross the borders / of my secret life*». 'Mi muoverò attraverso i confini della mia vita segreta'.

«Belle la chiesa affrescata e le fontane cinquecentesche di Salbertrand. Ci sono andata da sola, percorrendo le piccole strade che aveva suggerito lei. Perciò non si preoccupi».
Mi aveva stupito non tanto il contenuto del messaggio quanto il fatto che quelle righe erano state scritte con mano elegante su un foglietto di carta pregiata, azzurrina. Daniele me lo aveva dato un mattino, sulla porta di un negozio di Cesana Torinese. Io stavo entrando

a fare la spesa e lui usciva dopo aver consegnato ricotte e tome di capra. «Tieni, sono tre giorni che ce l'ho in tasca», aveva detto con un sorrisetto sornione. L'avevo letto subito e lui era rimasto lì, davanti a me e alla porta, intralciando il traffico dei clienti, curioso come uno scoiattolo.

«È ancora da voi?», avevo chiesto.

«Chi?».

«Daniele, Daniele…».

«Ah, la Ferrari? Sì, credo che rimanga almeno fino ai Morti. Devo riferirle qualcosa?».

«…No, direi di no».

«Comunque che eri andato a Milano glielo avevo già detto io».

«Sei preoccupato?». Martino era entrato nel mio studio senza fare rumore e si era seduto al mio fianco. Negli ultimi mesi lo faceva sempre più spesso e la cosa mi piaceva molto. Io stavo guardando lo schermo del cellulare e probabilmente la mia espressione doveva essere perlomeno interlocutoria.

«Preoccupato? No, perplesso e incuriosito. Per la prima volta, credo dopo decenni, ho ricevuto un SMS quasi contemporaneamente da due donne diverse, con lo stesso invito. Strano, no?».

«E sarebbe?».

«Uno dice: "Dopodomani sera a Claviere ho organizzato un piccolo festival di musiche occitane. Vieni, dai. Magari, visto che Riccardo è a Torino per qualche giorno, potremmo anche vederci dopo e"... va bene, il seguito non ti riguarda. L'altro invece: "Sabato ore ventuno, sala comunale di Claviere, Symphonia, concerto di gironde e voci medievali. Interessante per completare il mio lavoro. Ci sarà anche lei?"».

«La prima è la generosa Borgovecchio. La seconda non lo so».

«Perché generosa?».

Mi aveva puntato un indice sulla testa: «Leo, non fare lo smemorato…».

Mi era venuto da ridere e avevo cercato di scantonare. «Comunque la seconda è la Elena dal sorriso mesto, quella che ti ha fatto le foto in stalla».

«Lei? Una donna che, che… è triste e pure ignorante!», aveva sentenziato Martino toccandosi nervosamente le orecchie.

«Perché?».

«Si dice "ghironda", non "gironda"».

«Dai, avrà sbagliato a scrivere, non fare il maestrino».

«Gli errori di scrittura, anche nelle brevi comunicazioni, sono segno di sciatteria. Lo dici sempre tu, professorone. Comunque: hai bisogno di diventare triste?».

«Non ci penso proprio; perché?».

«Allora scegli l'invito della Silvana. Non mi sembra una decisione difficile».

Su questo aveva perfettamente ragione. Avevo però cercato di immaginarmi seduto tra la vulcanica Borgovecchio e la melanconica Ferrari, anche se quest'ultima, con i suoi gesti soffici e lo sguardo gentile, mi suscitava curiosità. La fotografia, il suo lavoro, l'Argentina, la Patagonia… cose così.

Comunque, liberi tutti; avevo mandato a entrambe lo stesso SMS di risposta: «Sabato sarò a Briançon tutto il giorno. Se non faccio tardi passo, visto che Claviere è sulla via del ritorno».

Anche se per tutto il sabato pomeriggio avevo pisolato sotto la veranda avvolto in un paio di coperte, durante la serata le ripetute note ritmiche delle due ghironde in accompagnamento a un altrettanto monotono canto gregoriano avevano fatto in modo che io ricadessi in uno stato di sonnolenza di prima categoria. Fortunatamente m'ero messo comodo in fondo alla sala, mezzo nascosto da una scaffalatura di libri. Nella fila davanti a me, defilata ma non abbastanza da impedirle di girarsi ogni tanto per regalarmi qualche sorriso gentile, era seduta Elena Ferrari. Silvana Borgovecchio, nel suo ruolo di padrona di casa, stava invece in prima fila, di traverso rispetto ai musici. Neanche il suo profilo ostentato e promettente era riuscito a impedirmi qualche cedimento della nuca e della palpebra.

All'inizio della serata avevo finto un ingresso in sala trafelato, proprio cinque minuti prima che le note meccaniche delle ghironde si spargessero nell'aria, ed era stato inevitabile presentare una all'altra.

«L'organizzatrice del concerto e animatrice delle attività locali, la signora Borgovecchio; la signora Elena Ferrari, che è venuta apposta dall'Argentina per fare un'importante ricerca sui Valdesi».

«È un piacere averla con noi».

E di rimando: «Molto interessante questo progetto musicale, darà ulteriore spessore al mio lavoro».

Tutto qui lo scambio di parole. Prima che ci sedessimo ai rispettivi posti, l'animatrice delle attività locali aveva comunque avuto modo di lanciarmi uno sguardo del suo repertorio privato a indicarmi che, magari, anche altre attività avrebbero più tardi potuto prendere consistenza. C'era poco da fare, la sensualità era più seducente della malinconia. Aveva ragione Martino.

A fine concerto avevo salutato frettolosamente Madame Ferrari, scusandomi per la mia scarsa attenzione alle esecuzioni musicali e canore.

«A Briançon ho avuto una giornata davvero pesante, alla ricerca di documenti utili per una pubblicazione sulle antiche meridiane solari. Ho una stanchezza addosso...».

Lei non aveva replicato. «Alla prossima allora», aveva semplicemente detto, porgendomi una mano calda.

In macchina avevo riacceso il cellulare e il piccolo avviso sonoro di un SMS non aveva tardato a farsi sentire.

«Mi libero fra una mezz'ora. Tu comincia ad andare. La chiave è sempre nel fondo della fioriera accanto al garage. Baci, al momento virtuali. S.».

La casualità, comunque, aveva portato la fotografa milanese a sfiorare ancora le nostre giornate. Un tardo pomeriggio avevo appena chiuso il computer dopo una tirata di lavoro di cinque ore e me ne ero rimasto a guardare fuori dalla grande finestra l'accensione dei larici, infiammati dagli ultimi raggi radenti del tramonto. Lei aveva attraversato quell'inquadratura sul fondo. A passo lento verso valle, zaino in spalla e testa bassa.

Ero uscito e l'avevo chiamata. Lei s'era fermata, aveva messo la mano davanti agli occhi per proteggersi dalla luce e poi m'aveva visto, in piedi sulla veranda.

«La moglie di Daniele mi aveva detto che lei abitava su questo versante, ma non immaginavo in una casa così...», aveva spiegato appena era stata vicina.

«Pensava stessi in una baitaccia decadente?».

«Baitaccia no, ma mi ero immaginata un posto più spartano».

«Be', venga dentro e si ricrederà. Ho anche io una moka da rimettere in funzione», avevo risposto. Pentendomi subito della mia impulsività.

Era entrata, s'era guardata intorno incuriosita e si era seduta davanti al camino. Avevo subito messo un po' di legna nuova, il fuoco aveva ripreso pimpante vigore.

«Caffè, tè o altro?».

«Non avrebbe una tisana?».

«E come no! Vado a mettere su l'acqua».

Avevo frugato nei cassetti della cucina fino a rintracciare sotto gli strofinacci piegati la bustina accartocciata di una tisana drenante, omaggio di chissà quale drogheria della valle.

«Anche se a lei l'effetto non serve, ce l'ho solo drenante», avevo gridato dalla cucina.

«Va bene, è uguale, anzi. Basta che sia una bevanda calda e profumata...».

«Non preferisce un tè? Roba indiana, sopraffina». In realtà era un sacchetto di infusi orientali di un pacco gara offerto in una corsa locale sui sentieri alla quale avevo preso parte a fine agosto.

«No, grazie; poi non dormo per la teina...».

«Ma come, una come lei che viaggia per il mondo nei posti selvaggi si fa fregare dalla teina... a proposito, da dove sbuca?».

«Ieri su una cartina ho visto che, poco distante da qui, c'è un vallone dei Valdesi, quindi sono voluta andare a vedere. Sa, per il lavoro...».

«Giusto, anche se avrà trovato solo qualche manciata di pietre sparse. Dicono che una volta lassù ci fosse un piccolo villaggio. Legname, capre e patate».

Avevamo continuato la conversazione seduti uno di fronte all'altra, lasciando solo alle fiamme il compito di contrastare la luce bluastra che precedeva di poco l'affondamento totale del sole oltre l'orizzonte frastagliato dalle vette. Conversazione che era scivolata via in mille rivoli superficiali: il lavoro, la vita milanese, un suo lontano matrimonio finito in catastrofe, la maestosità di Buenos Aires e, naturalmente, i miei figli, Nina e Martino, le cui foto adolescenziali erano allineate su una rugosa mensola di abete.

«Martino non è proprio mio figlio...». Le avevo fatto un riassunto sintetico della storia, che m'era sembrato l'avesse particolarmente colpita, tanto che alla fine era rimasta in silenzio, come ad aspettare un seguito.

«Lei ha figli?», le avevo poi chiesto.

Mi aveva guardato con aria mesta. Era rimasta in silenzio per un po', come a frugare mentalmente da qualche parte. Poi aveva fatto un timido sorriso.

«No», aveva detto scuotendo leggermente la testa, in modo strano. Avevo intuito che dalle profondità stava per emergere un senso di fastidio. Smettendo di fare domande, le avevo proposto una breve visita guidata del resto della casa; il mio studio l'aveva affascinata, così aveva detto, e ancor di più le due camere a incastro di Martino, dove la confusione aveva il sopravvento.

«Gira e rigira, il caos è sempre ricco di attrattiva», aveva detto.

Poi c'era stato un momento di vera arte drammaturgica perché, proprio mentre lei era lì a osservare le sue piccole creazioni artigianali, Martino era entrato in casa col solito passo felino. Fedele al principio del suo vecchio amico, secondo il quale *zappare vale più che parlare*, aveva trascorso il tardo pomeriggio a piantare i cavoli nell'orto di casa Bermond, più in basso e riparato rispetto al nostro, e a guardare gli accurati preparativi per il sacrificio del maiale. *El purcel*, come continuava a chiamarlo Augusto, non era più tale; ormai aveva messo su i suoi centotrenta chili e, a luna calante, sarebbe passato suo malgrado dal caldo della stalla alla penombra fresca della dispensa, in tante forme diverse e saporite.

Mi ero voltato a un piccolo incespicare. Martino era lì sulla porta, inchiodato. Vedere qualcuno in camera sua e a toccare le sue cose lo aveva paralizzato. L'accesso nel suo fortino era vietato anche a me, figuriamoci a una persona che non gli piaceva per niente.

Elena aveva preso quella sua silenziosa immobilità come un timido imbarazzo, perciò gli era andata incontro quasi con trasporto, allargando le mani in un progetto di abbraccio.

«Eccolo, il mio modello preferito. Le foto della mungitura sono venute una meraviglia. Ne dovremmo fare delle altre, in situazioni diverse...».

«No», aveva detto lui scansandosi da un contatto che avrebbe voluto essere affettuoso. Poi, guardandomi con una ferocia tale da fargli tremare gli zigomi, aveva lasciato cadere pesantemente lo zaino sul pavimento e aveva aggiunto: «Devo fare la doccia e finire di studiare, senza avere gente addosso».

Elena era rimasta senza parole.

Io l'avevo guardato duro: «Bene, vedi di sbrigare tutto per le otto e mezza in punto. Ho invitato la signora a cena da noi».

«Ma io non...». Lei aveva tentato di dire qualcosa, ma l'avevo fermata con un piccolo movimento della mano.

«Vieni», l'avevo poi presa sottobraccio e portata di là, «vediamo cosa passa la dispensa del manicomio».

In cucina avevo aperto un vino bianco buono, messo su l'acqua per un risotto alle verdure dell'orto e scongelato delle trote pescate da Martino nella Piccola Dora alcuni giorni prima. Lei, ancora imbarazzata, aveva dato una mano, e io, mentre stappavo il vino, avevo cercato di spiegarle, quasi a prendere le distanze, che quei comportamenti scostanti erano delle conseguenze della sua sindrome.

«È un ragazzo in gamba su molti fronti, ma gli ci vuole ancora del tempo per abituarsi a stare con persone nuove, anche se... comunque una volta era peggio, cara Elena».

«Anche se?».

«Anche se a volte mi dà l'impressione che faccia il furbo. Ma con me non funziona...».

«Che vuol dire?».

«Non solo io, ma tutte le persone, qui, lo accettano per quello che è. Ma ormai ha un'età e un'esperienza, perciò anche lui deve accettare gli altri per quello che sono. Secondo me lo sa benissimo, dovresti vederlo come se la intende con Augusto e tutta la famiglia Bermond, per dirti di gente che conosci. Ma a volte fa lo strafottente...». Avevo preso forse un tono un po' troppo confidenziale.

«Ma tu sei mai stato adolescente?», mi aveva chiesto sorseggiando il vino.

«Vuoi dire che potrei essere stato così anche io?», avevo risposto accostando il mio bicchiere al suo.

«Probabilmente sì», aveva risposto lei. «Un brindisi dunque all'adolescenza, l'età vulnerabile».

Alle nove meno un quarto Martino non si era ancora presentato. Avevo spalancato la porta della sua camera senza bussare. Era sotto le coperte, capelli arruffati e occhi chiusi. Avevo pensato stesse fingendo. Invece dormiva davvero, col respiro pesante.

Avevamo cenato da soli, Elena ed io, con grande piacevolezza. Il fatto che Martino non ci fosse tutto sommato aveva contribuito a rilassarla. Fuori, nel frattempo, s'era messo a soffiare un vento forte, a tratti violento. Le assi avevano cominciato a emettere gemiti e miagolii, i rami alti degli alberi si muovevano con la regolarità di leggeri ventagli. In compenso era stato spazzato via ogni pulviscolo nuvoloso. La volta celeste sembrava essersi abbassata. La Via Lattea e le costellazioni, nitidissime, parevano così vicine da poter essere scompigliate alzando una mano.

Dopo cena eravamo stati a lungo in osservazione e in ascolto, seduti sotto la veranda, con strati di coperte addosso, come vecchi indiani d'Alaska, e una bottiglia di rosso delle grandi occasioni a portata di mano. Elena, abbandonata alla notte, non aveva fatto ancora cenno di andarsene, nonostante l'orologio avesse già iniziato un nuovo percorso, e mi ero sentito costretto a dirle di fermarsi. La camera di Nina era diventata quella per gli ospiti.

Più tardi avevo fatto il giro esterno della casa, per controllare che fosse tutto a posto. Un'abitudine, ormai, più che una necessità. Poi avevo chiuso le porte, controllato il camino, spento le luci, ascoltato il grido squillante e acuto di una giovane civetta. Uscendo dal bagno ero passato davanti alla stanza riservata alla mia ragazza. La porta era socchiusa e il letto intatto.

Perché Elena s'era piazzata al mio posto, nel letto grande. Sembrava già dormire. M'ero infilato sotto le coperte a luce spenta. Lei s'era mossa appena, le avevo toccato la spalla.

«Chissà domattina...», aveva mormorato con voce leggermente impastata.

«Che cosa?».

«Martino».

«Figurati. In questa camera entra molto raramente e solo quando io non ci sono. Poi lui la mattina se ne va alle sette... e comunque è un rischio che assolutamente vale la pena correre. Sai che ti dico, bella Elena? Martino, dimentichiamocelo per un po'».

Lei si era addossata a me, di schiena. Percettibili brividi sulla pelle. Io mi ero girato sul fianco e le avevo passato un braccio sul seno. Poi l'avevo sentita piangere, sommessamente.

«Ehi, ragazza, che c'è?», avevo chiesto preoccupato.

«Niente... niente, scusami. È che tutto questo, una casa in cui stare subito bene, una cena tranquilla, ascoltare la notte in buona compagnia, un letto caldo e comodo, un sorprendente compagno gentile e allegro, e persino un piccolo screzio con un adolescente, mi ha riportato finalmente in una vera famiglia. Una sensazione dimenticata, un desiderio riaffiorato. Scusa se sono felice».

Subito mi era scappato da ridere, mi aveva fatto venire in mente il titolo di un film o forse di un libro di Federico Moccia. Poi mi aveva fatto tenerezza. L'avevo istintivamente avvolta con entrambe le braccia e stretta più forte, a formare un tutt'uno.

Proprio come in un film o, forse, in un libro, il giorno dopo l'avevamo trascorso a zonzo. Un giro lungo, senza meta, su e giù da una cresta all'altra, attratti dai paesaggi già tratteggiati dall'autunno. Avevamo fatto anche un passaggio alla Fontana del Thures, un rifugio nella vecchia borgata omonima, attraversando le abetaie fino a sbucare tra i campi di canapa che probabilmente già i Valdesi avevano coltivato. Eravamo andati a sederci sul bordo della fontana del Seicento su cui erano scolpiti i simboli dell'antica provincia del Delfinato. Più che dai delfini e dai gigli incisi nella pietra, eravamo stati attratti dai dolci di Fiorenza, la padrona di casa. Lì, con discrezione, Elena mi aveva chiesto come mai a un vedovo era potuto venire in mente di prendere in affido un bambino.

«Colpa o merito, dipende dai punti di vista, di Nina. È sempre stato complicato dirle di no. Sai, quando si ha a che fare con certe personalità...», le avevo spiegato. «Alla fine mi sono fatto convincere anche quella volta. Battute a parte, anche lei era convinta che Martino sarebbe rimasto con noi per poco; un'ospitalità, più che un affido in piena regola. Ma non dirmi che Daniele Bermond su questo tema non ti ha mai raccontato nulla!».

«Qualcosina, quanto è bastato per stuzzicare la mia curiosità».

Al ritorno, passando per il borgo, Elena aveva chiesto di essere accompagnata all'agriturismo. Mi era sembrata piuttosto provata, nell'ultima mezz'ora non aveva detto una parola.

«Scusami, ma voglio fare una doccia bollente, bere un litro di cappuccino e ficcarmi sotto il piumone».

Non avevo insistito e lei aveva aggiunto: «Domani devo anche fare un salto a Milano, per sistemare due o tre cose per la casa di famiglia». Così l'avevo lasciata lì, davanti alla grande maison in pietra, con un fugace abbraccio e un bacio sulla guancia. Mi era sembrato scottasse.

«Tutto a posto? Ti senti bene?».

«Sì, benone, grazie». Mi aveva regalato un sorriso garbato. «È solo stanchezza. A presto», aveva aggiunto.

A casa avevo trovato un altro biglietto di Martino sul cuscino: «No, ieri sera non sono stato educato».

Ammettere era il suo modo di scusarsi. Se non altro se n'era reso conto. Ero andato in camera sua e l'avevo trovato indaffarato con dei fogli fitti d'appunti. Mi aveva meravigliato. Di solito a casa studiava davvero poco.

«Ehi genietto, non dirmi che hai avuto problemi a scuola?».

«No, nessun problema, è che ho passato mezzo pomeriggio al telefono. Con il Rambaldi».

«Hai chiamato il tuo amico professorone?».

«Figurati se lo chiamo *io*. Mi ha chiamato lui. Per fortuna, sennò mi avrebbe consumato tutta la ricarica. Deve fare un documento per il Tribunale in cui dice che il sottoscritto Asperger sarà in grado di affrontare la vita in maniera autonoma una volta diventato maggiorenne. Così mi ha fatto molte domande. Mi ha detto che saremmo dovuti andare da lui, ma gli ho raccontato che ormai ti sei innamorato e che non hai più tempo per le faccende di tutti i giorni».

«Sì certo, pirlone. E la conclusione della telefonata?».

«Non sono idoneo. Dovrai tenermi in affido fino al compimento dei miei cinquant'anni...».

«Insomma una telefonata divertente...», avevo concluso ridacchiando.

«Molto, sì, sì, specie parlando di te. Comunque secondo il professore potrei andare a vivere da solo anche subito, quindi non ti preoccupare. Sai cosa ho pensato?».

Avevo sorriso. Entrare nei suoi pensieri non era mai stato facile e spesso li avevo male interpretati.

«Dimmelo tu che è meglio».

«M'era venuto in mente quello che ti aveva detto la prima volta il Rambaldi: "accettare, accettare serenamente"... tu lo hai sempre fatto... più o meno. Io no».

«Intanto mi meraviglia che ti ricordi di una frase di circa sette anni fa... comunque per imparare ad accettare sei sulla strada giusta e comunque hai tempo. Un po' alla volta...».

«No, non voglio avere tempo, e non voglio farlo un po' alla volta. Lo voglio fare quando serve. Ieri sera sarebbe servito».

«Per esempio?».

«Quando ho detto le cose... a quella là. Non sono stato educato», aveva precisato con un po' di fastidio.

«Agli errori, grandi o piccoli che siano, si può sempre rimediare. Basta un po' di coraggio...».

«Il coraggio, già. Secondo te è importante averlo?».

«Importante? È fondamentale. Ricordati sempre gli indios cacciatori, quelli all'inseguimento del cervo. Però tu mi sembri già piuttosto coraggioso».

«E poi che altro mi servirebbe?». La conversazione stava virando su temi introspettivi.

«Cosa servirebbe, non cosa *ti* servirebbe. Perché vale per tutti. Direi la sincerità. E la gentilezza. Sulla prima comunque non mi sembri avere problemi, anzi», avevo sottolineato ridendo. «Sulla seconda, secondo me, dovresti lavorarci ancora un po'...».

«Con chi non sono stato gentile?», aveva detto con uno sguardo in cui m'era sembrato di percepire una vena di ironia.

«Te lo devo proprio ricordare? Con *quella là*, come la chiami tu. L'hai scritto tu stesso sul tuo biglietto».

«Ho scritto che non sono stato educato».

«Educazione e gentilezza sono molto amiche. Vanno sempre insieme. Invece tu: "ho da fare... senza la gente addosso...". Un vero gentleman».

Aveva alzato le spalle, incassato la testa e si era messo a ridere. «E allora?».

«Allora, se per esempio volesse andare da qualche parte qui intorno, potresti accompagnarla tu. Fai finta di essere una guida alpina e che lei sia una tua cliente. Oltretutto le ho raccontato un po' la nostra storia, perciò non credo proprio si metta a farti domande fastidiose».

M'aveva guardato storto, assumendo una postura di uno che stava andando al patibolo. Ma non aveva detto di no.

La mattina successiva Martino era andato a scuola senza farsi sentire o lasciare messaggi. Avevo iniziato a pulire il terreno dell'orto dai residui dell'ultimo raccolto e a spianarlo, per fare un comodo letto alla prima neve affinché in seguito potesse sciogliersi più lentamente nel sottosuolo. Poi avevo portato un po' di legna in casa e dato retta ad alcune email che da diversi giorni reclamavano almeno un accenno di risposta. Verso mezzogiorno avevo chiamato Elena Ferrari per sapere come stava, se si era ripresa dalla scarpinata del giorno prima. Non mi aveva però risposto. Probabilmente era in viaggio per Milano. Avevo riprovato all'ora di pranzo, ma con lo stesso risultato. Poi il pomeriggio se n'era andato via veloce con il lavoro. Martino, al suo ritorno, mi era sembrato persino allegro.

«Hai avuto una buona giornata, mi pare. È successo qualcosa di speciale?».

«No. Ho avuto una sensazione».

«Tipo?».

«Non lo so. Come quando ti togli uno zaino fastidioso e pesante. Come quando la sera vado a letto che ho mangiato troppo, ma la mattina sto bene».

Comunque mi era sembrato meno perso e silenzioso del solito.

A cena si era persino lanciato in qualche audace apprezzamento su un paio di compagne di classe e soprattutto su una ragazza straniera dal naso cosparso di lentiggini che passava a comprare i formaggi al caseificio proprio quando c'era lui.

«Mi chiama "smart-Mart"».

«È carina?».

Aveva alzato le spalle con uno scatto e fatto la faccia smarrita. «Ha i capelli rossi...».

«Allora è molto carina. Starai mica per finire in padella?». Certe mie metafore ormai gli erano comprensibili.

«Io? No, no proprio!», si era ripreso. «Non sono mica come te che tutte quelle che ti fanno la faccetta triste... *pam*! Come la trota affamata all'amo. Come la mosca sulla cacca!».

«Be', la Borgovecchio non mi pare tanto una faccetta triste», avevo risposto. «Semmai la fai tu la faccia da pesce bollito, quando la incroci. Non mentire: è l'unica persona da cui ti lasceresti abbracciare volentieri a tutte le ore».

Mentre stavo scherzando con lui avevo rivolto un pensiero anche a Elena Ferrari. Un po' cafona, a non richiamare nemmeno.

In un fine settimana in cui da noi era prevista pioggia ce n'eravamo andati fino in Alto Adige, a vedere due fiere del bestiame – una di capre e una di cavalli avelignesi – e a visitare diversi atelier di scultori del legno. Uno di loro aveva regalato a Martino la sgorbia con cui stava lavorando e per lui era stata un'emozione forte: agitato, anzi, scalmanato, aveva cominciato a camminare avanti e indietro per l'atelier, sorridendo al suo nuovo ferro da lavoro con il quale aveva corso anche il rischio di bucarsi una mano.

Era stata un'occasione per cambiare aria e girellare per posti nuovi prima del letargo nel quale presto ci saremmo di nuovo felicemente ritirati. Un'indaffarata e fluida vacanza, nella quale ci erano sfarfallate in testa un sacco di idee nuove. Martino avrebbe potuto stupire Augusto con le sue nuove scoperte zootecniche e io avevo trovato spunto per un paio di nuovi manuali da mettere in calendario.

Al ritorno, passando poco a nord di Milano, Martino aveva detto: «Questa città puzza. Puzza forte».

«Siamo su una tangenziale, guarda quante macchine ci sono intorno…».

«Anche il centro non ha un buon odore, me lo ricordo. Sarà perché ci abita la rompiscatole…».

«La rompiscatole quale?».

«Quante ne conosci a Milano?».

«Più nessuna, ormai».

«Ma sì, dai, quella là».

Avevo capito perfettamente, ma volevo essere rassicurante. O forse evasivo.

«Be', ma a noi, di questa tizia, che mi sfugge pure come si chiama… ce ne importa qualcosa?».

«No. Zero», aveva risposto guardando fuori dal finestrino.

«Sai che l'ho cercata un paio di volte al telefono? Neanche una risposta, un SMS, niente. Sparita».

«Meglio. Ho sete».

C'eravamo fermati a un autogrill vicino. Il pavimento era sporco e scivoloso, i bagni in buona parte fuori servizio, con le luci al neon che tremolavano. Luoghi tristi per eccellenza. Avevamo preso un tè e una Coca-Cola e ci eravamo seduti davanti alla vetrata, lontano dal bancone dove alcuni gruppetti di anziani al ritorno da una gita vociavano davanti alla macchina del caffè.

«Guarda quelli», aveva detto lui, fissando la luce al neon di una vetrata quasi a ridosso del guardrail, sul lato opposto della tangenziale. Avevo seguito il suo sguardo; dentro c'era una palestra con delle figure che sgambettavano sui tapis roulant allineati.

«Corrono sempre nello stesso posto e guardano le macchine in coda», aveva annotato lui.

«Mica sono tutti fortunati come noi».

«Ma la nostra non è fortuna, è una scelta».

«Forse hai ragione. Siamo stati noi a scegliere un posto e un modo di vivere che ci fa stare bene. Insieme. Tu stai bene?».

«Dove viviamo mi sento bene, sì, sì. Non so se è merito tuo, mio, di altri, del posto o di che cosa».

«In effetti sentirsi bene è meglio che stare bene. Poi di chi è il merito non è importante».

Era rimasto a fissare i runner nella palestra di fronte per un po'.

«Vorrei essere a casa», aveva poi detto.

«Finisci di bere e ce ne andiamo».

«Non mi va; la Coca-Cola è diventata calda. M'è venuta fame».

«Prendi qualcosa...».

«Non hanno niente che mi piaccia».

«Mangiati un pezzo di quei formaggi puzzoni che hai preso oggi a Bressanone...».

«No! Li ho presi per Augusto», mi aveva detto guardandomi storto.

«Ho capito, non si toccano. Ordino un caffè doppio e ce la filiamo. Va bene?».

Aveva fatto di sì con la testa.

Ero andato a prendermi il caffè e lo avevo portato al tavolo.

«Sei stato gentile a pensare al tuo amico, prendendogli i formaggi», avevo ripreso. «Ma posso chiederti se hai pensato un po' anche a te, per esempio a cosa fare fra un po'? Marti, cavolo, compi diciotto anni, diventi del tutto indipendente da me, puoi gestire il tuo tempo e i soldi del tuo lavoro...».

La sua risposta aveva puntato subito sull'aspetto pratico: «Sì, forse mi metto in società con Augusto; ampliamo la stalla e il caseificio. O magari lascio un anticipo per la falegnameria di Roberto, uno che conosce Augusto. Ci ho già parlato. Lui è vecchio e non ha nessuno che porterebbe avanti il suo lavoro. Poi, mettendo insieme le due cose, proverei a far stagionare il formaggio su un'asse di abete, su una di castagno, una di faggio e un'altra di pino cembro. Augusto ha detto che vengono fuori sapori diversi e la gente li compra più volentieri. Però può essere che vada a studiare design a Stoccolma».

«A Stoccolma? Comodo...».

«Ho letto su Internet che là c'è la più grande università d'arte e design del Nord Europa. Si chiama Konstfack, c'è dal 1844 e hanno una grande biblioteca».

«Ti vedo come al solito ben informato. Ma spiegami una cosa: tutto questo lo vuoi fare insieme o a piccole dosi?».

«Non lo so, forse sono progetti illogici».

Strano che avesse usato anche lui quella definizione, la stessa che io avevo espresso con lui tempo prima.

Eravamo risaliti in macchina e ripartiti.

Martino era stato un po' in silenzio, poi mi aveva guardato: «Mi sdraio dietro e dormo un'oretta».

«Fai pure».

Aveva scavalcato agilmente lo schienale del sedile anteriore e si era appallottolato sotto le giacche a vento.

«Dovremmo avere un cane», aveva aggiunto dopo un po'.

«Un cane! Potrebbe essere. Non ci avevo mai pensato. In fondo non abbiamo obblighi d'ufficio e lo spazio non ci manca di sicuro. E di che razza ti piacerebbe? Comunque dev'essere uno che si abitui a stare fuori».

«Razza bastarda. Come me, così ci si capisce meglio».

«Dormi, ti chiamo quando stiamo per arrivare».

Dopo due minuti avevo avvertito il respiro cadenzato del sonno e m'ero messo a pensare a quello *stare bene*, che era un po' la riga conclusiva del nostro personale bilancio. A conti fatti era questo il risultato. Anche se non definitivo, le cose potevano sempre cambiare. Certo, non potevo sapere come sarebbe andata se fossimo rimasti a Milano, ma intanto una certezza ce l'avevo: stavamo vivendo come volevamo vivere. Entrambi. Certo, per Martino avevo scelto io il momento, il luogo e le modalità, lui era troppo piccolo. Ma una volta tanto m'era sembrato di aver fatto la cosa giusta anche per qualcun altro, per una persona importante.

Giusto all'ora di cena avevo parcheggiato la macchina davanti alla chiesa del borgo. Stanco per mettermi a cucinare, dopo gli ultimi centottanta chilometri in autostrada percorsi in tensione per la nebbia fitta, ero intenzionato a buttare l'occhio su Barba Gust. Le luci della casona erano spente, tranne quelle della cucina al pianoterra, a segnalare presenze familiari.

Eravamo così riusciti a procurarci gnocchi al gorgonzola e costine, servite al tavolo di famiglia.

L'agriturismo era del tutto vuoto e per un mese non c'erano prenotazioni. Solo a Sant'Ambrogio, se fosse calato quel freddo necessario per innevare artificialmente le piste, probabilmente sarebbe arrivata la prima ondata invernale di vacanzieri. Nell'attesa del freddo o della neve vera, anche la cucina avrebbe chiuso per un paio di settimane. Daniele ed Elisabetta sarebbero andati a farsi un viaggio in qualche posto caldo del mondo, finalmente serviti e riveriti. La fine dell'autunno era l'unico periodo dell'anno in cui potevano permettersi una ristretta vacanza. A patto che Augusto restasse, come al solito, ad accudire le vacche, le capre e le galline. Comunque da quando c'era Martino a fargli da gregario in stalla, i giovani Bermond se ne andavano via con maggiore serenità.

Novembre per molti era dunque un mese triste, noioso. Noi non vedevamo l'ora che le nuvole e l'oscurità venissero ad abbracciare la nostra casa e che la pioggia premurosa verso i ruscelli e i boschi si raffreddasse trasformandosi in fiocchi soffici di neve. Così potevamo avere l'alibi per barricarci dentro e dedicarci alle nostre silenziose occupazioni. Al caldo, con la legnaia ricolma e la dispensa ben fornita. In confortante isolamento. Con la possibilità, comunque, di controllare in qualsiasi momento cosa stava succedendo nel mondo attraverso il computer, con gli occhi e i gesti distaccati di due abitanti di un pianeta molto lontano. Come fossimo in orbita a tempo indefinito, a guardare la Terra girare senza sentirne i rumori. Nel chiuso della nostra casa ci sentivamo liberi.

Vai a sapere se Augusto se l'era sentito che di lì a poco sarebbe morto. Fatto sta che un sabato mattina era salito faticosamente a casa nostra affondando fino ai polpacci nella neve fresca, le spalle imbrigliate nelle cinghie di una gerla di rami di faggio grossolanamente intrecciati.

S'era lasciato andare pesantemente sotto la veranda. Faccia al sole, occhi socchiusi, aria stanca. La gerla s'era quasi rovesciata di lato, una logora coperta piegata come una banana era quasi rotolata fuori.

«Ti ho portato il regalo per il compleanno», aveva detto a Martino.

«È fra tre settimane», aveva risposto lui tenendo però lo sguardo puntato su quell'insolito fagotto.

«Oh be', il regalo si prende quando c'è, mica quando lo dice il calendario», aveva borbottato il Gustu, slacciandosi il colletto della camicia pesante sotto la giacca a vento scolorita. Il sole era caldo. Era inizio dicembre, l'autunno non sembrava avere intenzione di cedere il passo e la luce rifrangeva bagliori accecanti dal pulviscolo zuccherino della neve.

Il fagotto s'era animato. Martino aveva allargato la

coperta con la punta dell'indice, con un po' di timore. Era sbucata fuori la faccia buffa di un cucciolo di cane. Grassotto, nero e arruffato, con una striscia compatta di pelo bianco intorno agli occhi, da un orecchio all'altro, uno su e l'altro giù.

Avevo guardato divertito la faccia di Martino. Era rimasto in silenzio, ma mi era sembrato di sentire il suo tuffo al cuore. Aveva le pupille dilatate e una smorfia curiosa quanto quella del cane.

«Me l'ha dato uno che d'estate ha le vacche al Col Chabaud», aveva spiegato Augusto allungando lentamente una mano verso le montagne di fronte. «La madre del cucciolo è davvero in gamba con le bestie. Magari questo qui viene fuori un bravo cane da pastore. Comunque verrà grosso, così almeno terrà alla larga i balordi e i lupi. Ho letto sul bollettino del consorzio degli allevatori che sono tornati qua in giro».

«Ma i lupi mica si fermano, se ne stanno sempre in giro a cercare da mangiare. Vanno dietro le pecore e i caprioli», gli aveva risposto Martino.

«Eh loro magari sì, ma i balordi e i ladri no. Comunque vedi tu», gli aveva detto Augusto con un sospiro gorgogliante, poggiandogli una mano fiacca sul braccio.

Martino l'aveva guardata per un po' e le aveva fatto una carezza. Ero davvero stupito.

«Hai la mano molto crepata», gli aveva detto, «sembra la carta geografica delle montagne».

Augusto aveva accennato un sorriso. Teneva ancora gli occhi semichiusi ma il respiro s'era fatto meno affannoso. Poi aveva ripreso il discorso: «E un'altra cosa: il cane non portarlo mai in casa; non ci sta bene, e tu meno te lo ritrovi sotto il tavolo meglio è. Fagli un *ciabòt*, una casotta qui sotto, con un po' di paglia sul fondo e una vecchia coperta buttata dentro, comodo e al caldo anche d'inverno. Così il tuo cane diventerà forte e coraggioso. Come te».

Martino mi aveva guardato, con occhi smarriti. Io gli avevo sorriso, e gli avevo fatto un cenno con la testa. Allora s'era alzato ed era andato ad abbracciare Augusto, baciandolo sulla guancia ispida e appoggiandogli per un attimo la testa sulla spalla. Avevo pensato che per lui, e per un adolescente in genere, sarebbe stato imbarazzante. Invece non era stato così. Il tutto in cinque secondi, ma mi erano sembrati importanti, per tutti noi. Il Gustu, in risposta a quell'attimo breve e inatteso di affetto, gli aveva poggiato per un istante la mano sulla testa, con le dita arcuate, quasi a volerla afferrare o a volergli trasmettere qualcosa. Poi aveva emesso un sospiro profondo e, girandosi prima su un fianco, s'era rimesso in piedi, a fatica. Contorcendosi, s'era caricato quindi la gerla in spalla ed era sceso a passetti fin sul prato brillante di cristalli di neve riflettenti la luce del sole.

«Io vado, saluti. E chiamatemi quando ci sarà da bere per la festa».

«Magari brindiamo già prima, dobbiamo mica bere quando lo dice il calendario», gli aveva risposto Martino, per prenderlo in giro. Poi si era voltato di colpo ed era entrato in casa. Il cucciolo, agitandosi un po', s'era ritirato sotto la coperta.

Quando Augusto non era ancora arrivato al limitare del bosco, io trafficavo già in cucina per scaldare un po' di latte e pane vecchio per il nuovo ospite a quattro zampe, mentre Martino era al computer a disegnare pareti a incastro alte almeno un metro.

Contravvenendo agli ordini, avevo insistito per tenere il cane in casa, ma solo i primi due giorni. Giusto il tempo che c'era voluto a Martino per costruirgli nell'angolo più riparato della veranda una lussuosa cuccia a due piazze, con una grande finestra sul fianco, da cui fare entrare aria d'estate, e un'anticamera per le due ciotole.

«Pensa poi a come chiamarlo», gli avevo detto la prima sera, mentre il cane ronfava sulla sua coperta accanto alla porta d'ingresso.

«Tu che dici?», mi aveva chiesto.

«Buffo, Borro, Arf, Doc... Nick, Luck... un nome corto, secco: così quando lo chiami risponde subito».

«I tuoi nomi fanno davvero pena», mi aveva detto. «Comunque io ho già deciso come chiamarlo».

«Ah sì? E sarebbe?».

«Orroz».

«E che razza di nome è?».

«Zorro al contrario. Perché ha la maschera bianca anziché nera sugli occhi...».

Mi aveva guardato con una punta di compatimento e, compiaciuto, aveva aggiunto: «Scommetto che non l'avevi capito».

Augusto comunque non era riuscito a festeggiare con noi il compleanno del *giovane Rochard*. Due giorni dopo, anzi, meno, era morto. Lunedì mattina, come ogni alba, appena infilati i piedi nelle pantofole di feltro, era sceso in stalla a dare la prima brancata di fieno alle bestie. I mestieri, le pulizie delle lettiere, le faceva sempre dopo. Il primo giro gli serviva per controllare che gli animali avessero passato una notte tranquilla. Era un dovere stare per qualche minuto con loro, per la rassicurante, ruvida carezza del mattino e per scambiare qualche parola. «Biunda, Gentila, Ciresa… come va? *La vai bien*?». Con gli uomini no, ma con le vacche e le capre il Gustu ci parlava. Meglio se in patois. Probabilmente ne riceveva anche delle risposte.

Per la colazione non era salito. Dopo un po' Daniele era andato a vedere e l'aveva trovato lì, su una profumata balla di fieno, seduto, anzi, impettito, con la schiena dritta contro il muro, il cappello leggermente di sbieco su un orecchio, occhi aperti e mani in grembo. Sembrava stesse riflettendo. Invece era morto, partito.

«È andato solo avanti, per aspettarci un po' più su, da qualche parte nei pascoli alti», aveva detto con una sorprendente serenità Daniele quando mi aveva telefonato.

«Sì, a qualche incerto bivio, anche solo pensandolo, probabilmente lo rivedremo o lo sentiremo per farci dare la direzione giusta». Gli avevo risposto così, per rimanere leggero. Le metafore all'inizio potevano aiutare, ma immaginavo che non lo avremmo rivisto proprio per niente. Che Augusto, per quei sentieri, avrebbe finito per perdersi. Fin quando l'oblio, come una mareggiata che sbatte contro la nostra vecchiaia e torna indietro cancellando i ricordi, lo avrebbe portato via, lasciandosi dietro solo frammenti senza più un posto nella memoria. Il pensiero di Chiara era ancora vivo, quello per i miei genitori molto più spezzettato; dei miei nonni invece non avevo quasi più nessuna traccia in mente. Il tempo non è un medico, ma una gomma per cancellare.

Comunque, per Augusto era stato infarto fulminante. Così aveva diagnosticato senza esitazione il medico, arrivato d'urgenza, con le braghe del pigiama giallino che gli sbucavano da sotto i pantaloni di velluto verde.

Avevo fermato la macchina proprio davanti alla porta del Des Ambrois, dove Martino continuava ad andare nonostante avesse già conquistato il diploma. Era riuscito a bruciare le tappe. Persino l'illustre professor Rambaldi ne sarebbe rimasto sorpreso.

Ero andato a prenderlo raramente a scuola, e mai negli ultimi mesi; perciò quando all'uscita mi aveva visto, seduto in macchina con le mani ancora posate sul volante, come se avessi avuto fretta, aveva fatto una faccia strana. Non sorpresa e nemmeno preoccupata. Sospesa, schermata piuttosto, oltre la quale non era possibile intercettare niente. Appena s'era fissato la cintura di sicurezza gli avevo detto di Augusto. Sommessamente, ma senza tanti giri di parole. Lui non aveva sussultato, replicato, chiesto. Era rimasto sul sedile esattamente come era stato trovato il suo vecchio amico. Sguardo fisso in avanti, compostamente accomodato, mani intrecciate tra le gambe. Per quasi mezz'ora avevo guidato nel silenzio assoluto. Solo il rantolare del motore che sembrava dovesse ancora una volta mollarmi da un momento all'altro. Poco prima del borgo vecchio, indicando l'insegna sulla strada dell'agriturismo, gli avevo chiesto: «Vuoi che andiamo là?».

«Voglio andare a casa. Il cane dove l'hai lasciato?».

«Il cane? Sta ronfando sotto una coperta, là dietro», avevo detto indicando il bagagliaio.

S'era avvitato di scatto, per guardare dietro: «Perché non me l'hai detto? Merda!». Il tono decisamente alterato.

«Mi era sembrato più importante dirti altro».

Era saltato sui sedili posteriori e da lì s'era sporto verso il fondo della macchina. Aveva afferrato il cucciolone addormentato con una mano, con violenza, e se l'era quasi sbattuto in grembo, senza accarezzarlo. Forse per stare attaccato a un corpo caldo, a qualcosa di veramente suo e colmare l'inaspettato vuoto.

Nel borgo m'ero fermato nel negozietto a comprare due cose. Ci avevo messo un po'. C'era gente. Tutti parlavano, insieme, uno sull'altro, del povero Gustu. Ognuno tirava fuori qualche ricordo dai cassetti della propria memoria, quasi una competizione a chi andava più indietro nel tempo. La sua morte aveva intrecciato pensieri, coinvolto, ricompattato; era così nei villaggi.

Milena, la padrona del negozio, serviva con movimenti da bradipo, distratta dalle chiacchiere. Si fermava ad ascoltare col sacchetto vuoto in mano, replicava, spostava ogni prodotto dallo scaffale alla bilancia con lentezza esasperante, dava il resto con una flemma irritante, dopo aver contato almeno due volte le monetine.

Martino era rimasto in macchina, seduto come quando era salito. Marmorizzato. A casa, mentre una foschia gelida, densa e nerastra saliva dal bosco, aveva dato da mangiare a Orroz e l'aveva piazzato nella cuccia, con una barriera di ciocchi di legna intorno, a fare da recinzione; come le mura perimetrali del carcere, affinché il cane non potesse andarsene in giro come, appunto, da raccomandazioni ricevute. Lui non aveva mai discusso gli ordini. Quelli di Augusto, almeno. Poi s'era barricato in camera, senza cenare. Si era subito ficcato sotto le coperte, anche se non erano nemmeno le otto.

Già nel pomeriggio del giorno dopo c'era stato il funerale; nei paesi dove ci si conosce tutti, la burocrazia la sbrigano in dieci minuti. Una cerimonia nella minuscola chiesa, cinque file di panche appena, proprio a due passi dall'agriturismo, con i familiari dentro e gran parte della gente fuori, sul piazzaletto, a scambiarsi cenni di mano e mormorii.

Martino non era venuto. Dopo la scuola si era rintanato nella stalla, a levare via il letame, a spargere paglia pulita e fragrante, a mungere.

«Le bestie! Chi se ne occupa? Eh?», aveva quasi rimproverato Daniele, che quel giorno aveva ben altro in testa.

Io lo avevo lasciato fare. Anzi, meglio così. Sicuramente tutta quella gente gli avrebbe creato fastidi. Di quanto era successo, in quei due giorni non me ne aveva voluto parlare, neanche un cenno. Solo il silenzio, di cui si percepiva una profondità maggiore del solito.

Tre giorni dopo, tornando da Oulx dove lo avevo accompagnato a consegnare in un paio di negozi alcune forme di formaggi freschi del «PREMIATO CASEIFICIO BARBA GUST», come era scritto in verde sulle confezioni, mi aveva improvvisamente chiesto di fermarmi al cimitero.

Io ero rimasto sul cancello. Lui non aveva avuto difficoltà a trovare la tomba, con la terra ancora smossa, resa più visibile dalle impronte ghiacciate di scarpe nelle chiazze di neve intorno. I fiori che l'avevano quasi ricoperta subito dopo la sepoltura erano già stati tolti. I fiori dei morti fanno subito cattivo odore. Molto meglio l'aria fresca del mattino.

Era stato lì per un po', a fissarla, con una mano in tasca e l'altra ad aggiustarsi in continuazione il ciuffo, mentre Orroz era andato a curiosare freneticamente intorno come una marmotta appena uscita dalla tana. Poi, dopo essersi soffiato rumorosamente il naso, Martino aveva fatto un secco dietrofront, m'era passato davanti senza guardarmi ed era andato a sedersi in macchina. Il cagnone, perché in pochi giorni aveva già messo su una buona stazza anche se continuava a deambulare da cucciolo, di traverso come una barca che risale il vento di bolina, prima di uscire aveva fatto, lui sì, un tangibile segno di saluto ai defunti. Uno schizzo di pipì sull'angolo della lapide di un certo François Bartolomieux, guida alpina. Che però non se l'era presa a male. Così avevo immaginato. Perché François era morto nel 1902 e sotto quella sbiadita lastra di marmo, inclinata da un lato e che non vedeva un fiore da decenni, di lui ormai non restava più niente.

All'uscita del cimitero, comunque, Martino mi era sembrato rilassato. Sereno, direi. Io per niente, tanto che se n'era accorto anche lui.

«Sei triste?», mi aveva chiesto a bruciapelo al primo tornante, mentre salivamo verso casa.

«Un po'. Tu?».

«No. Augusto mi aveva detto di non esserlo quando lui non ci sarebbe più stato. Di non preoccuparmi perché non sarebbe successo niente di diverso dal giorno prima. Mi aveva spiegato che il problema vero ci sarà quando il vento smetterà di soffiare e la neve di cadere.

Perché non ci sarà più da mangiare per le bestie e per noi».

«Le cose si dicono, però...».

«Un giorno in Val Thuras abbiamo visto una cerva che moriva», aveva continuato guardando il bosco che scorreva fuori dal suo finestrino. «Stava accucciata, si guardava intorno con calma senza lamentarsi e gli altri cervi pascolavano intorno tranquilli. Era molto vecchia e senza preoccupazioni».

«E poi che è successo?».

«Augusto mi ha detto che era arrivata la sua ora speciale. Quel che doveva fare l'aveva fatto: aveva percorso tutte le montagne possibili, era sopravvissuta alle bufere e alle frane, aveva fatto crescere i cuccioli, aveva insegnato loro come scegliere le erbe migliori e a strappare dai rami le cortecce dell'inverno per mangiarle. Due settimane dopo siamo ripassati di lì e non c'era più niente, solo qualche osso sparso sui prati. Le volpi e i lupi l'avevano mangiata».

«Secondo me la fai troppo facile».

«Non la faccio facile. È facile. Diceva Augusto che, alla fine, è sempre così che vanno le cose».

«Ha davvero detto questo?».

Martino mi aveva guardato di traverso.

«Certo», aveva detto con una certa crudezza, guardando fuori dal finestrino.

«Non prendertela se te lo dico: è che io ti invidio. Anche tanto. Perché non ho mai avuto un amico come lui. L'avessi avuto adesso sarei una persona molto saggia».

«Tu non sarai mai saggio».

«Mi sa che hai ragione. Che dici, passiamo da Daniele e vediamo se ci scappa una cena?».

«Se ti va. Se però è solo perché non hai voglia di cucinare, ci penso io».

«Veramente?», l'avevo guardato divertito. «E che prepari?».

«Pollo, anzi, gallina», aveva detto indicando il sacchetto gonfio dove aveva tenuto i formaggi.

«Hai una gallina? Da dove salta fuori?».

«Da quello dove ho portato le tome più morbide. In realtà non la volevo, ma Orroz le è corso dietro per giocarci, l'ha mordicchiata sul culo strappandogli un po' di penne e lei è morta di paura. Così ha detto il tipo del negozio. Ha chiesto venti euro per i danni, gliene ho dati dieci e mi sono tenuto la gallina morta».

«Venti euro! Al mercato ne prendevamo tre già arrostite come si deve. Patate comprese», avevo detto fingendo indignazione.

«Sì, ma pare che questa qui facesse delle uova giganti. Comunque fermiamoci da Daniele, così gli lascio subito i soldi dei formaggi. La gallina la diamo domani a Orroz. In fondo è sua».

«Sì, ma i soldi erano nostri», avevo concluso, mentre ormai il parcheggio era a tiro.

Daniele era stato contento di vederci. Un po' meno Elisabetta, perché aveva dovuto ritirare fuori la pentola per la pasta e la casseruola del ragù che, anche se tiepido, regalava ancora aromi molto intensi. Avevamo parlato del più e del meno, di chi s'era fatto rivedere al funerale, di Augusto da giovane, della neve che si sperava arrivasse in abbondanza per Natale, del fatto che in stalla e in campagna si sarebbe sentita la mancanza delle braccia ancora salde del vecchio.

Su quest'ultimo argomento Martino s'era quasi impettito, vivacizzato. Daniele se n'era accorto, gli aveva dato una manata sulla spalla.

«Tu comincia a prendere il diploma e a diventare grande, che poi facciamo società», gli aveva detto.

«Il diploma l'ho preso da qualche mese, te lo avevo anche detto subito dopo; ma è che quando ti parlo chissà tu dove te ne vai. Hai proprio la testa agricola, come ti diceva tuo padre. Per essere maggiorenne, comunque, mi mancano solo un paio di settimane. Perciò prepara le carte, che firmiamo», aveva replicato l'aspirante allevatore, col tono secco di uno già padrone della stalla e dei campi. Uno così, come socio l'avrei sempre temuto. Certi suoi atteggiamenti e certe sue risposte, a volte anche qualche pensiero svelato, erano spesso andati oltre la sua età anagrafica.

Martino s'era poi alzato da tavola e aveva aiutato Elisabetta a sparecchiare.

Daniele mi si era avvicinato: «Ma davvero il genietto della Val di Susa ha preso il diploma in anticipo?».

«Sì, la preside Ramelli gli ha fatto fare gli ultimi due anni in uno. Io neanche credevo si potesse, invece, come mi ha spiegato lei, ci possono essere situazioni speciali gestite a discrezione degli insegnanti».

«E lui era una situazione speciale?».

«Così pare. Tutto è venuto fuori per caso. Avevo incontrato la Ramelli al mercato di Oulx, abbiamo preso un caffè e in quei pochi minuti mi ha spiegato che Martino in classe fa tutto in metà tempo rispetto ai compagni. E bene. Poi, mentre gli altri sono ancora lì ad arrabattarsi, lui si alza e si mette a guardare fuori dalla finestra; non più con l'aria smarrita, ma come uno intenzionato a progettare ancora qualcosa, che non è capace di stare con le mani in mano... insomma, potenzialità da vendere. Così mi ha fatto la proposta di fargli accelerare i tempi, dicendomi che comunque ne aveva già parlato con Martino, il quale, come puoi immaginare, si è ben guardato dal raccontarmi tutta questa trama segreta».

«E cosa le ha risposto?».

«Dai, Daniele, un po' di immaginazione...», avevo detto allargando le braccia.

«"Va bene. Sì, sì". Le avrà risposto così».

«Esatto. Niente di più».

«E tu alla fine cosa hai dovuto fare?».

«Pagare i due caffè; il resto l'avrebbe sistemato lei, la preside. E così è andata. Martino ha il permesso di continuare a frequentare le aule didattiche e i laboratori solo per poter utilizzare le attrezzature che a casa non ha. Adesso mi sa che la pacchia è finita, per tutti, visto che tra i suoi progetti c'è quello di andare a studiare in Svezia...».

«In Svezia? E a te non dispiace? E poi non è un po' azzardato mandarlo già in giro da solo, così lontano, con quella... quella sindrome dentro?».

«Guarda che quello se la cava meglio di noi due messi insieme. Non credo sia azzardato. Sicuro, un po' di rischio c'è, vai a sapere; ma se non si prova... Poi certo che mi dispiace, ma che ci posso fare. Del resto tutti i figli prima o poi si separano dai genitori...».

«Io no», aveva detto Daniele picchiando il palmo di una mano sul tavolo, quasi con soddisfazione. Poi si era grattato la testa pelata e aveva aggiunto. «Comunque dovrai imparare a mungere e a tenere d'occhio le cagliate. Senza mio padre e senza Martino chi mi darà una mano la prossima primavera?».

Al momento di andare via, proprio sulla porta, Daniele, un po' impacciato, mi aveva passato una busta chiusa, leggermente stropicciata agli angoli. Senza scritte. Di elegante carta azzurrina. Avevo intuito, poi capito.

«È per te. Ce l'ho da un pezzo, a dire la verità da prima che ci siamo visti quella sera a cena, quando siete passati di qui tornando dall'Alto Adige, ma me l'ero dimenticata. Lo sai, fare il messaggero non è il mio forte. L'avevo messa nel cassetto delle fatture dell'agriturismo, che non aprivo da un po', visto che in questo periodo non è venuto nessuno. E poi, col trambusto di questi giorni...».

L'avevo presa e me l'ero ficcata rapidamente in tasca, con un po' di fastidio e un velo di curiosità. Martino, che nel frattempo era tornato dalla cucina, m'aveva guardato solo di sfuggita.

Caro Leonardo,
scusa tanto se ho tagliato così all'improvviso il pur fragile ponte tra noi. Quando leggerai probabilmente sarò già a Buenos Aires. Subito dopo averti scritto, mi sono messa in viaggio per Milano, il tempo di affidare a un'agenzia la vendita della casa in centro. Sono un po' scappata, avrai pensato male, lo so. Ma il punto è che mi stavo affezionando; a te, al vostro modo di vivere e a Martino, soprattutto, anche se non ho avuto modo di conoscerlo come

avrei voluto. Non ho ancora abbastanza coraggio per uscire dal mio mondo grigio. Ma voi due potevate esserne l'atteso arcobaleno.
Un forte abbraccio,
Elena

Avevo letto e riletto il biglietto. Per intero, a frammenti, con comprensione e con tristezza, cercando una conclusione plausibile. Mentre rigiravo il foglietto tra le dita, sdraiato davanti al camino acceso, con la luce di una sola piccola lampada a illuminare le mie mani, avevo mosso lo sguardo di lato e avevo visto Martino appoggiato allo stipite.

«Che cavolate ha scritto?».

«Chi?».

«Leo, Leo…».

«Da cosa hai capito che è lei?».

«Dalla carta colorata della lettera. La stessa dove ti aveva scritto quel messaggio…».

«Che detective! Comunque non dice niente di particolare. Si scusa per non essersi fatta più sentire né vedere. È dovuta tornare in Argentina, tutto qui. Vuoi leggere?», avevo concluso tendendogli foglio e busta.

Era avanzato di un paio di passi.

«No», aveva detto.

«Ma sì, tanto non è proprio niente d'importante. Perciò sai che faccio?».

Avevo preso la busta azzurrina con due dita e l'avevo tirata nel camino. Era decollata via piatta, ruotando su se stessa come una piccola astronave, ed era atterrata proprio nel cuore distruttivo della fiamma ancora allegra. Anche a questo servivano i camini.

Lui era rimasto lì a guardarla bruciare fin quando briciole di carta nere e leggere s'erano messe a veleggiare nell'aria calda sopra le fiamme. Della malinconica fuggitiva non c'erano più tracce tangibili.

«Bel lancio», aveva poi commentato. «Io vado a letto».

«Buonanotte, Marti».

«Buonanotte, Leonardo. Tu resti lì sdraiato come una marmotta?».

«Sì, ancora un attimo».

Improvvisamente aveva fatto altri tre passi avanti, quasi di corsa, mi era venuto addosso e aveva messo una mano tra i miei capelli, stropicciandoli energicamente.

«Ti voglio bene, pirlone!», aveva detto ridendo. Poi s'era girato andando verso la porta.

«Anche io, lazzarone… senti, posso farti una domanda e poi non ne parliamo proprio più?».

«Sì, sì».

«Ma perché la Ferrari, la fotografa, ti stava così tanto antipatica?».

Lui aveva abbassato lo sguardo e fatto un passo indietro, come per staccarsi bruscamente. Aveva iniziato a stropicciarsi le mani.

«Se non ti va di dirlo non fa niente, era solo una piccola curiosità…».

Era rimasto ancora un po' in silenzio, poi mi aveva risposto con un tono affannato, come se avesse estratto a fatica le parole da un pensiero incagliato.

«Perché… perché la notte dopo che è venuta a fare le foto in stalla l'ho sognata. Ho sognato che… era mia madre».

Eravamo arrivati a Malpensa la mattina presto a prendere Nina. Mi aveva scritto una decina di giorni prima la sua tabella di marcia: «Vengo su a festeggiare il compleanno di Martino, poi vado qualche giorno a Roma e a Firenze per parlare con alcuni medici, ma ritorno da voi in tempo per Natale. Che te ne pare? Baci». Il solito via vai, concentrato, ma decisamente meglio che niente. Tutta la famiglia, finalmente. Orroz compreso.

Piuttosto in anticipo, c'eravamo messi su una delle terrazze, col primo sole che regalava una bella luce. C'era stato vento e avevamo potuto vedere bene le brughiere e le montagne, dal Piemonte alla Svizzera. Faceva freddo. Martino s'era portato il binocolo da guardaparco e s'era messo a scrutare ovunque. Aveva letto su un sito dedicato ai rapaci che proprio dai bordi delle piste dell'aeroporto lombardo a volte facevano alzare i falchi pellegrini per allontanare gli altri uccelli e così tenerli lontani dai motori degli aerei in cui rischiavano di essere risucchiati facendo grossi danni.

Non era però riuscito a vedere nessun falconiere camminare nei campi e nessun falco pellegrino veleggiare nell'aria, ma solo due esili garzette dalle piume candide, ancora rattrappite dal gelo notturno, che zampettavano al rallentatore in una pozza d'acqua rimasta sotto un boschetto di robinie, appena oltre una recinzione. Così aveva spostato il binocolo sulla scaletta dell'aereo della Lufthansa nel frattempo arrivato da New York e da cinque minuti fermo sulla piazzola.

«Ecco l'americana», aveva detto a un certo punto, senza staccare gli occhi.

Con i bagagli era andata bene, mezz'ora e via. Una volta in macchina, Nina s'era sistemata sul sedile posteriore e con due carezze energiche era subito entrata in piena sintonia con il puzzolente e ingombrante Orroz, spaparanzato a pancia all'aria con la testa sul suo grembo. Il cane d'alpeggio, o, come lo aveva ribattezzato Martino, il *pastore dello Chaberton*, il nome di una montagna di oltre tremila metri a due passi da casa, aveva messo su un pelo così ruvido e arruffato che a fargli i grattini sotto il collo si rischiava di restare con le dita impigliate.

Dieci minuti dopo l'uscita dal parcheggio, Nina s'era appisolata. Probabilmente aveva studiato e lavorato al computer per tutte le otto ore di volo. Il cane aveva smesso di agitare le zampe all'aria, si era girato sulla pancia e s'era addormentato anche lui, con la testa appoggiata sul bracciolo incastrato tra i due sedili davanti. Io e Martino avevamo parlato piano per un po', cose generiche, piccole domande e brevi risposte. Orroz ogni tanto aveva alzato di scatto un orecchio, sempre uno solo e in modo alternato, aprendo un occhio, quello dal lato opposto. Vedendoci sempre lì, s'era rimesso tranquillo, dopo un sommesso sospiro.

Sulla tangenziale di Torino c'eravamo fermati in autogrill per un caffè e per far fare pipì al cane. Nina era andata alla toilette e si era persino rifatta il trucco e una treccia perfetta ai capelli lunghi. Aveva anche indossato una collana di piccole perle che fino a quel momento aveva tenuto in borsa.

«Ti vanno bene gli affari, a Boston», le avevo detto. Una gran bella ragazza, determinata e intrigante. Di sicuro sapeva il fatto suo, ma di questo non me ne attribuivo il merito. Io, sul tema, avevo dato scarso contributo. Il suo sorriso era bellissimo e perfetto.

Ed era indubbiamente la più elegante della famiglia, nel suo vestito di buona boutique. Io e Martino, a confronto, coi nostri giacconi abbondanti e i pantaloni sformati, sembravamo i pastori del presepe. Ci mancava solo l'agnello sulle spalle.

Riprendendo il viaggio ci aveva raccontato del suo lavoro nella clinica, («Proprio tutto diverso rispetto a qui: tutti gentili, pratici ma molto, molto competitivi. Per chi viene da fuori è dura»), del volontariato, dei suoi nuovi amici, di un prossimo master al quale sarebbe stato inopportuno rinunciare... La solita, inarrestabile, Nina. Chiara in fotocopia.

Oltre i caselli di Avigliana una coda di TIR, quasi tutti con targa francese. Avanti piano, un centinaio di metri, poi fermi di nuovo, poi un piccolo scatto, un'altra sosta, un altro spiraglio... Era andata così per una dozzina di chilometri.

A casa Nina avrebbe voluto sdraiarsi per un po' davanti al camino che avevo appena finito di caricare. Martino aveva alzato gli occhi al cielo. Avrebbe voluto portarla subito a fare un giro, nei suoi boschi, giù fino a Bousson, almeno fino alla "casa delle lapidi", un vecchio edificio nel paese i cui muri sorreggevano lastre di pietra ornate e scolpite e incisioni vecchie di quattro secoli. Magie e antichi segreti di molte borgate di montagna. Bastava saperle scovare.

Nina alla fine si era lasciata convincere: «Una cosa facile, però, mica mi farai fare il giro delle valli».

«Tranquilla», le aveva detto lui, «per andare a Bousson è tutta discesa».

«Aiuto, allora vuol dire che al ritorno è tutta salita!».

Orroz era andato con loro, scappando dietro al primo capriolo intravisto tra i larici per ritornare subito sui suoi passi al piccolo trotto, con aria mesta e traballante, come faceva di solito. Di forza ne aveva, ma di agilità e resistenza aveva dato fino a quel momento rarissime dimostrazioni. Gli piaceva mangiare, stare al sole con gli occhi chiusi, strusciarsi addosso a Martino come un gatto e vigilare il territorio, ma senza schiodarsi troppo dalla veranda. Niente di più.

All'apparire del primo buio Martino mi aveva telefonato. «Forse le ho fatto fare una fatica esagerata», aveva detto quasi sussurrando, e io avevo capito al volo. Dopo mezz'ora ero andato a recuperarli a una curva della statale, per poi approdare da Renzo, in una delle frazioni di Pragelato. Dove "l'americana" ci aveva dato dentro: dal rotolino di cardi e porri al Raschera come antipasto, fino alla tarte tatin finale, passando per i *tajarin* al gorgonzola e zafferano e pure per la trippa alla montanara. Tempi addietro le avevo spiegato di non bere mai "il vino della casa", così aveva ordinato una bottiglia di Barbera d'Asti Superiore di Pico Maccario, a quarantatré euro in carta. «Ogni cosa buona ha un prezzo», aveva detto soddisfatta. Ci aveva pensato un po', poi aveva buttato lì, quasi per giustificarsi: «La cucina della Lufthansa non era granché».

Il conto era stato chilometrico ed elevato. «Illustre dottoressa, il prossimo compleanno veniamo noi da te, ci costa meno».

«Sei un cabarettista di prima categoria», aveva risposto Nina.

Sulla via del ritorno, col pieno di stanchezza e di cibo, s'erano subito addormentati tutti, a fondo.

Il giorno del compleanno a casa, per pranzo, c'era stata davvero molta gente; con mia grande sorpresa, perché gli inviti li aveva fatti direttamente Martino. Presente la *banda* Ramelli al gran completo, genitori e cinque figli. Il marito di Francesca Ramelli, Marcello il macellaio, svelando le sue origini laziali, aveva portato una porchetta farcita che avrebbe convinto anche il più rigoroso dei vegani a fare una fulminea retromarcia.

C'erano naturalmente Daniele ed Elisabetta, per una volta felice di non dover cucinare per una quantità industriale di adolescenti famelici. Poi una decina di compagni di scuola, comprese Beatrice e Anna, quelle più simpatiche. Anche gli altri mi piacevano. Erano molto legati a Martino, l'avevano subito preso così com'era, senza fronzoli. Quando poi lui, su invito della Ramelli, aveva spiegato in classe, imperturbabile, «come è fatta la sindrome di Asperger», le sue quotazioni erano salite. Dopo quel racconto altri compagni s'erano fatti coraggio e avevano svelato la malattia di un genitore, le difficoltà di tirare avanti della famiglia, le preoccupazioni per quel che sarebbe stato. Così erano diventati più amici, più uniti.

Alla festa c'erano altri tre ospiti che non mi sarei aspettato, uno dei quali non solo non lo avevo mai visto, ma non ne avevo sentito parlare neanche una volta. Si chiamava Emilio Paolo, vigile del fuoco a Susa. Come avevo scoperto dalle presentazioni, si era preso cura di Martino a conclusione del salvataggio degli sciatori sotto la valanga. Poi s'erano sentiti alcune volte con Skype e s'erano incontrati a qualche mercato nelle valli. A Martino il vigile del fuoco era piaciuto subito, anche perché stava addestrando una femmina di labrador di nome Fiamma nella ricerca delle persone. Martino sembrava andare d'accordo in fretta con chi aveva animali da lavoro e mi aveva fatto piacere che avesse invitato quel suo amico segreto. Gli altri due ospiti inattesi erano Roberto, il vecchio falegname, e la Tellington Jones, quella ragazza dai capelli rossi e le lentiggini che chiamava Martino "smart-Mart". Era irlandese e viveva in una casa un po' defilata del borgo vecchio insieme ai genitori, anche se questi erano spesso in giro in Europa per il loro lavoro di antiquari di libri. Quando si era parata davanti dicendo il suo nome, Pippa, a me stava per scappare da ridere, ma ero stato subito incenerito dallo sguardo di Nina.

Alla fanciulla d'oltremanica Martino piaceva e doveva anche ricevere qualcosa di ritorno. Qualcosa di buono, mi era sembrato, dal prolungato sovrapporsi di certi sguardi e da qualche precedente pomeriggio passato insieme lungo la Dora o il Chisone, che scorrevano in due valli vicine. La ragazza, infatti, era un'abile pescatrice e aveva voluto insegnare a Martino l'arte della cattura a mosca. Almeno i rudimenti. A Martino quella faccenda della pesca era piaciuta. Molto.

«Perché è una cosa che si fa stando distanti e zitti», aveva precisato.

Naturalmente a tenere banco era stata Nina che, elegante come a una prima del Metropolitan Opera House, aveva dimostrato una verve, una loquacità e un'ironia tali da abbattere qualsiasi resistenza. Ogni tanto cercava volutamente di mettere in imbarazzo Martino, diventato molto tollerante. Per esempio abbracciandolo stretto ogni volta che le capitava a tiro.

«Il tuo maglione profuma fantasticamente di fieno».

Martino ne aveva preso un lembo con due dita, lo aveva annusato: «A me sembra piuttosto merda di vacca. Sì, sì», aveva precisato.

Insomma, il suo modo di tenere le pubbliche relazioni andava ancora affinato, anche se al momento i suoi amici e la stessa Nina gli avevano riservato una standing ovation. La felicità aveva la loro bella faccia.

C'era stato poi il momento dei regali. Il mio era stato una carta di credito prepagata da utilizzare a Stoccolma, per andare a dare un'occhiata da vicino alla Konstfack, l'università a cui Martino ambiva. Mi ero informato: prendevano al massimo quaranta studenti stranieri l'anno, e lui, ne ero certo, sarebbe stato tra questi.

«Hai paura a stare da solo?».

«Da solo sto bene e, anche se non mi sento ancora un vecchio rimbambito, mi rendo conto di aver percorso il tratto più caotico della mia vita; perciò adesso mi godo questa ambita solitudine. Diciamo che mi sento a mio agio, mi sembra perfino di appartenere a queste montagne, così come di certo appartiene a loro tua madre. Non so se questa è la vera buona vita, ma di sicuro è migliore di quella precedente. Per voi è diverso, avete strade ed esperienze da fare, passioni e amori da soddisfare e dolori da provare, prima di mettere radici. Quindi restare qui da solo non è un fatto fisico. È che Martino in questi ultimi anni ha tirato fuori la parte migliore di me, almeno quella che credevo di aver perso con la morte di Chiara. Quella parte che invece era solo andata a nascondersi... Quando lui se ne andrà sarà comunque come una sorgente che si esaurisce. Ma che resti tra noi».

«Quand'è che qui si fa il primo fieno?», aveva detto dopo aver riflettuto un po'.

«Che accidenti di domanda è? Comunque a fine giugno o inizio luglio, dipende dal clima. Perché?».

«Vedrai che a giugno te lo ritrovi qui. Adesso poi che è diventato anche allevatore in proprio», aveva detto con uno dei suoi sorrisi glamour. «Comunque sei stato bravo a dargli anche questa possibilità... l'università, voglio dire».

«Ai figli bisogna dare sempre il massimo...».

«E tu lo hai fatto. Sai che se oggi mi dicessero che Martino ha la sindrome di Asperger non ci crederei nemmeno un secondo? Guardalo là: bello, forte, intelligente, pulito, disinvolto... con un sacco di gente che gli vuole bene. Tu invece sei rimasto con un caratteraccio...».

«Ehi Ninetta...», avevo detto lanciandole uno schizzo d'acqua.

«Ma sì, sto scherzando. Dai, prendi il meglio che riesci a spremere da ogni giorno. Ti ricordi? Me lo dicevi tu quando da ragazzina ero depressa. E poi hai questa bella casa, un ambiente intorno invidiabile, un lavoro che ti piace... e pure una storia con una gran bella donna... anche se sposata».

«Ma che balle stai raccontando?».

«Dico che quella Borgonovo...».

«Borgovecchio, semmai. Ma tu che ne sai... e soprattutto, come lo sai?».

«Di' un po'», mi si era avvicinata quasi a volermelo sussurrare, «confessa: da quanto tempo non ti intrufoli nel computer di Martino?».

«Io a curiosare nel suo computer? Ma quello avrà messo sensori da tutte le parti, allarmi, telecamere, veleni, scosse elettriche... tocchi un tasto e *zac*, resti fulminato!».

«Allora ti informo che anche lui è dotato di un suo Skype e di una cosa che si chiama posta elettronica, con le quali ci sentiamo in privato, solo noi due, tutte le settimane... almeno un paio di volte e da un bel pezzo».

«Brutto spione, poi lo aggiusto io», avevo detto evidenziando una finta minaccia. «Ma davvero vi sentite da tempo? Guarda se mi dice qualcosa quel...».

«Certo, per chi ci hai preso, siamo fratelli. Almeno per via materna... Voglio dire, se la mamma non fosse andata a fare la volontaria in quell'orfanotrofio probabilmente poi non ci sarei andata nemmeno io e Martino non sarebbe con noi. Mi piace pensare che sia stata la mamma a farmelo incontrare e a fare in modo che tu lo tenessi...».

«Sì, anche a far sparire i documenti in tribunale», avevo aggiunto ridendo.

«Secondo me è contenta di vederci adesso, così».

«Lo credo anch'io».

Avevo versato un po' di vino in due bicchieri appena puliti e uno lo avevo offerto a Nina.

«Un brindisi a Chiara», le avevo detto.

«Sì, se lo merita. E te lo meriti anche tu».

Avevamo avvicinato i calici e bevuto un sorso. Poi lei si era avvicinata alla finestra, con la punta delle dita unite aveva cancellato un quadratino di condensa opaca sul vetro e aveva guardato fuori per un attimo.

«È passato tanto ormai, da quando è morta. Ti scoccia se dico "morta"?».

«No, in fondo no; perché così è. Qui ho imparato anche a dare alle cose il loro nome, senza troppi giri».

«Hai imparato anche a lasciarti andare, e mi sembri migliorato. I primi anni, a Milano, eri di un depresso... e anche di un deprimente... adesso invece ti vedo sereno, se non altro».

«Be', ti pare poco? Mica sono forte come te. Tu, mi ricordo, avevi reagito così, con un carattere... che mi avevi fatto quasi paura».

«Ho reagito come mi avete trasmesso e insegnato. Poi di fronte a un lutto così grave ognuno ha la sua uscita di sicurezza. Io ne ho parlato a tutti, l'ho raccontato ai miei amici, a scuola, ai professori... l'ho distribuito in giro; così il peso da portare si è alleggerito. Tu invece hai tenuto sempre tutto dentro e il dolore si è autofecondato, si è espanso. E pensare che una volta eri un brillantone…».

«Forse perché le cose andavano bene. Ma più probabilmente ero un superficiale. Poi, quando tutto funziona, coinvolgere gli altri è facile, ma quando provi un dolore forte, inaspettato, l'isolamento è il primo rifugio naturale che trovi, sembra un eccellente scudo di protezione».

«Sì, ma tu non solo ti eri isolato, avevi pure scavato tutt'intorno dei fossati profondi. Il Grand Canyon. Adesso, con l'aiuto di Martino e di questa gente qui, i fossati li hai colmati, sei tornato a essere normale. Ecco, che tu e Martino siate due esseri normali è la vera cosa straordinaria; anche se la normalità non si circonda, non si pesa né si misura. Mi sembrate sereni, se proprio devo dirla tutta. Sbaglio?».

«No, direi che hai ragione, anche se la serenità è una giornata alla volta. Così è la nostra regola». Poi, a bruciapelo: «Tu, sei felice?».

Non si era lasciata sorprendere: «Ci provo; cerco, assemblo, sperimento, partecipo, a volte mi affido pure al caso e alla fortuna. Inciampo e, a volte, mi ferisco anche, ma vado avanti. Citazione di Leonardo Guerrieri. Credo che per essere felici, o almeno per provarci, non bisogna immobilizzarsi ad aspettare che le cose buone accadano, ma è necessario stare in movimento per fare in modo che le cose buone possano accadere. Citazione di Chiara Frassinelli, coniugata Guerrieri, te la ricordi? Non so se sono felice, però sono moderatamente soddisfatta e, al momento, va bene così».

Aveva ripulito un altro angolo di finestra appannata e guardato di nuovo fuori.

«Sta arrivando la tua ora preferita», aveva detto. Poi mi aveva fatto un bel sorriso, mi aveva stretto in un rapido ma intenso abbraccio ed era tornata dagli altri.

Sì, era arrivata la mia ora preferita, quella che mi dava maggiore sollievo. L'ora muta della sera, quella che rende il cielo laccato.

Erano ancora tutti dentro, per un ennesimo giro chiassoso e allegro di bicchieri di spumante. Ogni scusa ormai era buona per brindare a qualcosa o a qualcuno. Persino a Gentila.

Io ero uscito fuori, nel prato, lasciandomi alle spalle le luci e i mormorii della casa e della veranda, dove Orroz russava e, ogni tanto, gemeva. Forse stava sognando. Sbuffate invisibili di vento facevano dondolare le punte scheletriche dei larici. L'ultimo quarto di luna, nel buio imminente, sembrava un arco teso a Oriente.

Da casa era partito all'improvviso un rumore di applausi e qualche piccolo grido di approvazione. Qualcuno doveva aver detto qualcosa di meritevole o fatto un annuncio. Dopo una decina di minuti gli ospiti erano usciti sulla veranda, s'erano scambiati baci e abbracci, ai quali Martino non si era sottratto, e se n'erano andati verso le auto parcheggiate in fondo a un prato, lungo la strada sterrata. Nina e Martino li avevano accompagnati, ritornando però quasi subito.

Lui, con le mani dietro la schiena, mi era venuto vicino, guardandomi fisso, come se avesse voluto dirmi qualcosa. Intuivo un'aria spavalda, anche se la luce della veranda che arrivava fin lì serviva appena a rischiarare un lembo del prato.

«Che c'è?», avevo chiesto in tono apprensivo.

Lui non aveva risposto.

«E dai, dagliela», l'aveva sollecitato Nina ammiccando.

Martino, con uno scatto del braccio, mi aveva piazzato quasi sotto il naso una busta.

«Cos'è?».

«Il tuo regalo».

Avevo preso la busta senza replicare. L'avevo palpata, avvertendo i contorni sottili della carta di credito.

«Cosa vuol dire?».

«Che non ci vado a Stoccolma».

Ero rimasto spiazzato. Avevo guardato Nina, in cerca di sostegno e di una spiegazione. Lei l'aveva capito.

«Hai sentito l'applauso di poco fa? Martino ha annunciato che ha deciso di andare al Politecnico di Torino. Anche lì si studia design. Così può restare vicino alle montagne e agli amici; e fare avanti e indietro non sarebbe un problema».

«Ma anche in Svezia ci sono montagne e amici da conquistare», avevo detto con scarsa convinzione. L'idea che lui volesse restare mi aveva subito reso felice. Una scarica elettrica.

«Sì, sì, ma non queste montagne e non questi amici», aveva precisato Martino. «E poi chi ti aiuta a zappare? O con la legna? Vorrei fare l'orto più grande, Daniele ha detto che ci sono quaranta tipi di patate che possono essere coltivate in montagna…».

«E le vuoi piantare tutte?».

«Sì, sì, tutte. Si possono vendere», era andato al sodo.

«Allora dovremo trovare qualcuno che ci dia una mano».

«Trovata!».

Ci eravamo girati tutti e due verso Nina.

«Scusa?», avevo detto.

«Che c'è? Ve la do io una mano. Magari non subito, fra sei mesi, un annetto al massimo. Sistemo un po' di cose a Boston e torno. Visto che Martino va avanti e indietro, potrei aprire uno studio a Torino e aggregarmi. Così ci compriamo una macchina nostra...».

«Sì, sì, anche una moto, per quando c'è bel tempo», aveva aggiunto Martino, eccitato, cominciando ad andare avanti e indietro nello spicchio di luce sul prato.

Sentivo il cuore come se si stesse sgretolando, inciso dalle emozioni.

«In moto tutti e due non vi ci voglio», avevo detto. E avevo aggiunto ridendo: «Nina, a cavare patate però non ti ci vedo, ci vuole forza».

«Tu non hai idea di quanta forza ci vuole a trattare muscoli, tendini, articolazioni e tutto quel che sta nel corpo umano. Comunque Martino mi insegnerà come si fa, vero?».

«Vero, sì. Ti insegno io. E Daniele», aveva risposto senza guardarci in faccia, con lo sguardo fisso su un punto, nel buio. «Stanotte pioverà», aveva sentenziato poco dopo.

Io e Nina avevamo guardato il cielo sopra di noi.

«Ma se è tutto stellato. E poi, semmai, nevicherà!», aveva detto Nina.

«Lascia perdere, non contraddirlo sul tempo. Ci azzecca sempre».

Martino non aveva replicato. Poi, dopo qualche secondo aveva alzato di scatto il mento per indicare una direzione.

«Là».

Lontano, verso fondovalle, silenziosi lampi stavano disegnando velocemente piccole cicatrici d'argento sulla pelle ormai scura della sera. Bagliori d'inverno. Anche il clima, quella sera, mostrava le sue bizzarrie.

«Stelle o pioggia, io vado a letto», aveva tagliato corto Nina, alzandosi fino alla nuca il colletto del golf e girandosi verso la porta. «Comincio ad avere freddo. Vieni dentro anche tu, fratello?».

Martino aveva annuito, andandole dietro. Passandomi davanti aveva alzato lo sguardo e mi aveva sorriso. Avevo allungato una mano per fargli una carezza, ma era già uscito dal cono di luce.

Ero rimasto lì ancora un po', a osservare il profilo ormai netto delle montagne che giravano tutt'intorno, la frastagliata linea di confine del nostro mondo. Quello che distillava nostalgia allo stato puro ogni volta che ce ne allontanavamo. A molti quel profilo dava l'idea di una barriera opprimente, perfino ostile. Per noi costituiva un susseguirsi di protezioni. Sapevamo bene che bastava salirle per vedere orizzonti sconfinati e inventare nuovi cammini. Un privilegio da condividere con chi si ama, o con chi, in sintonia, fa almeno un po' di strada insieme a noi. Avrei voluto avere con me Chiara. Fisicamente. Però, se così fosse stato, non ci sarebbe stato Martino. Perché, come diceva Augusto, è così che vanno le cose.

Ringraziamenti

Quando il libro lo scrivi fai un lavoro da solista. Quando poi il libro affronta il palcoscenico, entra a far parte di una grande orchestra, con indispensabili Maestri. Nel mio caso, in ordine di apparizione come nei film, Loredana Rotundo, agente letteraria, amica discreta ma inarrestabile, e Pepa Cerutti, editor, che per prima mi ha dato quelle indicazioni preziose per convogliare la storia sui binari giusti. Poi è entrata in scena Alice Di Stefano, scrittrice, saggista e figlia d'arte. Per Fazi Editore è responsabile della narrativa italiana. Suadente e determinata, mi ha consigliato variazioni e aggiustamenti sulla prima stesura. All'inizio non ero del tutto convinto di alcune sue annotazioni, ma aveva assolutamente ragione lei. Per dirla con Eraclito, *panta rei*, 'tutto scorre', proprio come un torrente di montagna. Almeno, a lavoro concluso, mi è sembrato così.

C'è poi Manuela, mia moglie; anche se fa l'architetto, è stata la prima lettrice con innate doti di editor, oltre che compagna di avventure sui sentieri e le cime. Utili e appropriati, dunque, i suoi consigli.

Si aggiungono alla schiera dei Maestri anche Massimo Vigna-Taglianti e Patrizia Arfelli. Siamo amici e frequentiamo le stesse montagne. Oltre a questo, loro sono illustri neuropsichiatri infantili ed entrambi, da molto tempo, seguono anche ragazzi con la sindrome di Asperger. Chi, meglio di loro, per tenere d'occhio tutti i riferimenti relativi a questa sindrome e i comportamenti del giovane Martino? A Patrizia, inoltre, va il mio doppio applauso in quanto, appassionata e attenta lettrice, non le scappa mai un refuso. Così, visto che c'era, ha pure corretto le prime bozze.

Altra persona fondamentale, Daniele Bermond. Non è un personaggio di fantasia, così come un luogo reale è Barba Gust, il suo agriturismo, nel borgo di Sansicario. Se ci andate mangerete bene e dormirete sereni, anche se sarà difficile godere a lungo della compagnia di Daniele, che la sera serve ai tavoli ma di giorno è preso coi fieni, le vacche e le capre, la mungitura, i formaggi, l'orto, il trattore, il bosco, i pascoli e altro ancora. Lui e la sua famiglia mi hanno coinvolto nei loro bei racconti.

Diverse, ma ugualmente emozionanti, le narrazioni dei ragazzi con la sindrome di Asperger e dei loro genitori, intenzionati però, nella maggioranza, a mantenere l'anonimato. Molti familiari, visto che "l'Asperger" non presenta alterazioni fisiche e si manifesta con tonalità diverse e a volte ancora misteriose, tendono a parlarne poco, limitandosi a indicare chi ce l'ha come "un tipo col carattere complicato". Come se io non lo fossi. Il patto sull'anonimato l'ho comunque mantenuto. Mi piacerebbe tuttavia far sì che con questo libro se ne parlasse di più, che si uscisse allo scoperto. Gran parte degli Asperger che ho conosciuto sono dei geni veri, naturali; sì, a volte un po' scorbutici, ma sempre sorprendenti. Che è poi il motivo per cui è nata questa storia.

A tutte queste persone, che ci hanno creduto fin dall'inizio, va la mia gratitudine.

Collana «Le strade»

400. Wilkie Collins, *Foglie cadute*, traduzione di Carla Vannuccini.

401. Aldo Simeone, *Per chi è la notte.*

402. Rebecca West, *Rosamund*, traduzione di Francesca Frigerio.

403. Daisy Johnson, *Nel profondo*, traduzione di Stefano Tummolini.

404. Elizabeth von Arnim, *Vera*, traduzione di Sabina Terziani.

405. Thomas Hardy, *Estremi rimedi*, traduzione di Chiara Vatteroni. (3ª ed.)

406. Margaret Storm Jameson, *Company Parade*, traduzione di Velia Februari.

407. Margaret Wilkerson Sexton, *La libertà possibile*, traduzione di Arianna Pelagalli.

408. Elizabeth Jane Howard, *Le mezze verità*, traduzione di Manuela Francescon.

409. Emma Orczy, *Voto di sangue*, traduzione di Daniela Paladini.

410. Willa Cather, *Il canto dell'allodola*, traduzione di Giuseppina Oneto.

411. Valentino Ronchi, *Buongiorno ragazzi.*

412. Dario Levantino, *Cuorebomba.*

413. Fëdor Sologub, *Peredonov, il demone meschino*, traduzione di Silvia Carli.

414. Angela Carter, *Nell'antro dell'alchimista*, traduzione di Susanna Basso e Rossella Bernascone.

415. George Eliot, *Le disavventure di Amos Barton*, traduzione di Francesca Frigerio.

416. Dmitrj Miropol'skij, *L'ultimo inverno di Rasputin*, traduzione di Carmelo Cascone.

417. Sheng Keyi, *Fuga di morte*, traduzione di Eugenia Tizzano.

418. John Williams, *Stoner*, nuova edizione, postfazione all'edizione italiana di Peter Cameron. Traduzione di Stefano Tummolini.

419. Jing-Jing Lee, *Storia della nostra scomparsa*, traduzione di Stefano Tummolini.

420. Lionel Duroy, *Eugenia*, traduzione di Silvia Turato.

421. Claudio Lagomarsini, *Ai sopravvissuti spareremo ancora.*

422. Fay Weldon, *Le peggiori paure*, nuova edizione, traduzione di Maurizio Bertocci.

422. Fay Weldon, *Le peggiori paure*, nuova edizione, traduzione di Maurizio Bertocci.

423. Heinrich von Kleist, *Michael Kohlhaas*, traduzione di Federico Ferraguto.

424. Paul Beatty, *Tuff e la sua banda*, traduzione di Stefania Bertola.

425. Desy Icardi, *La ragazza con la macchina da scrivere.*

426. Ramiro Pinilla, *L'albero della vergogna*, traduzione di Raul Schenardi.

427. Carmen Korn, *Aria di novità*, traduzione di Manuela Francescon. (2ª ed.)

428. George Gissing, *New Grub Street*, traduzione di Chiara Vatteroni.

429. Sandro Frizziero, *Sommersione.* (2ª ed.)

430. Massimiliano Felli, *Vite apocrife di Francesco d'Assisi.*

431. Ivy Compton-Burnett, *Il capofamiglia*, traduzione di Manuela Francescon.

432. Vigdis Hjorth, *Eredità*, traduzione di Margherita Podestà. (3ª ed.)

433. Jennifer Johnston, *Quanto manca per Babilonia?*, traduzione di Maurizio Bartocci.

434. Mazo de la Roche, *Il gioco della vita*, traduzione di Sabina Terziani.

435. Rabindranath Tagore, *La casa e il mondo*, traduzione di Sabina Terziani.

436. Guy Gunaratne, *La nostra folle, furiosa città*, traduzione di Giacomo Cuva.

437. Margaret Storm Jameson, *Amore a prima vista*, traduzione di Velia Februari.

438. John Williams, *Butcher's Crossing*, nuova edizione, traduzione di Stefano Tummolini.

439. Dörte Hansen, *Tornare a casa*, traduzione di Teresa Ciuffoletti. (2ª ed.)

440. Franco Faggiani, *Non esistono posti lontani*.

441. Machado de Assis, *Memorie Postume di Brás Cubas*, traduzione di Daniele Petruccioli.

442. Katharine Kilalea, *Va tutto bene, signor Field*, traduzione di Silvia Castoldi.

443. Anna Giurickovic Dato, *Il grande me*.

444. Paul Scott, *Il gioiello della corona*, traduzione di Stefano Bortolussi.

445. Kevin Barry, *L'ultima nave per Tangeri*, traduzione di Giacomo Cuva.

446. Elizabeth Jane Howard, *Perdersi*, traduzione di Sabina Terziani e Manuela Francescon.

447. Elizabeth Jane Howard, *Gli anni della leggerezza*, nuova edizione, traduzione di Manuela Francescon.

448. Jakob Wassermann, *Etzel Andergast*, traduzione di Stefano Jorio.

449. Hilary Mantel, *Lo specchio e la luce*, traduzione di Giuseppina Oneto e Stefano Tummolini. (2ª ed.)

450. Rebecca West, *Quel prodigio di Harriet Hume*, traduzione di Francesca Frigerio.

451. Saverio Simonelli, *Cercando Beethoven*.

452. Angela Carter, *Nell'antro dell'alchimista - vol. II*, traduzione di Angela Tranfo, Cristina Iuli, Barbara Lanati e Rossella Bernascone.

453. Elido Fazi, *Potenza e Bellezza. Cronache da Roma e da Parigi (1796-1819).*

454. Juli Zeh, *Cuori vuoti*, traduzione di Madeira Giacci.

455. Henriette Roosenburg, *Ora che eravamo libere*, traduzione di Arianna Pelagalli.

456. Mazo de La Roche, *La fortuna di Finch*, traduzione di Sabina Terziani.

457. James McBride, *The Good Lord Bird. La storia di John Brown*, traduzione di Silvia Castoldi.

458. Elizabeth Jane Howard, *Il tempo dell'attesa*, nuova edizione, traduzione di Manuela Francescon.

459. Julio Cortázar, *A passeggio con John Keats*, traduzione di Elisabetta Vaccaro e Barbara Turitto.

460. Luciana Boccardi, *La signorina Crovato.* (2ª ed.)

461. Pitchaya Sudbanthad, *Sotto la pioggia*, traduzione di Silvia Castoldi.

462. Margaret Storm Jameson, *Mai guardarsi indietro*, traduzione di Velia Februari.

463. Brigitte Riebe, *Una vita da ricostruire*, traduzione di Teresa Ciuffoletti e Nicola Vincenzoni.

464. Giorgia Tribuiani, *Blu.* (2ª ed.)

465. Thomas Hardy, *Due sulla torre*, introduzione di Giorgio Montefoschi. Traduzione di Chiara Vatteroni.

466. Susy Galluzzo, *Quello che non sai.*

467. Elizabeth Jane Howard, *Confusione*, nuova edizione, traduzione di Manuela Francescon.

468. Lily King, *Scrittori e amanti*, traduzione di Mariagrazia Gini. (2ª ed.)

469. Pierre Ducrozet, *L'invenzione dei corpi*, traduzione di Antonella Conti.

470. Valentino Ronchi, *Riviera*.

471. Hilary Mantel, *Un esperimento d'amore*, traduzione di Giuseppina Oneto.

472. Carmen Korn, *Quando il mondo era giovane*, traduzione di Manuela Francescon.

473. John Williams, *Augustus*, nuova edizione, traduzione di Stefano Tummolini.

474. Elizabeth Jane Howard, *Allontanarsi*, nuova edizione, traduzione di Manuela Francescon.

475. Namwali Serpell, *Capelli, lacrime e zanzare*, traduzione di Enrica Budetta.

476. Ana María Matute, *Ricordo di un'isola*, traduzione di Maria Nicola.

477. Daisy Johnson, *Sorelle*, traduzione di Stefano Tummolini.

478. Paul Scott, *Il giorno dello scorpione*, traduzione di Stefano Bortolussi.

479. Ivy Compton-Burnett, *Servo e serva*, traduzione di Manuela Francescon.

Finito di stampare
presso Print on web s.r.l.
Via Napoli, 85 – 03036 Isola del Liri (FR)
per conto di
Fazi Editore

Ristampa

11 10 9 8 7 2021 2022 2023